ख़ामोशियाँ बोल पड़ी...

मन और रिश्तों की कहानियाँ

ख़ामोशियाँ बोल पड़ी...

मन और रिश्तों की कहानियाँ

जगदीश शुक्ल

राज पब्लिकेशन्स

नई दिल्ली– 110002

खा़मोशियाँ बोल पड़ी...: मन और रिश्तों की कहानियाँ

प्रथम संस्करण: 2025

₹ 595

आई.एस.बी.एन. 978–93–92066–99–3

इस पुस्तक के लेखक ने उपलब्ध सामग्री, जानकारी एवम् कुशलता का प्रयोग कर इस पुस्तक को सम्पन्न किया है। इस पुस्तक के आधार पर की जाने वाली किसी भी प्रकार की कार्रवाई के लिए प्रकाशक किसी भी प्रकार से उत्तरदायी नहीं होगा।

प्रकाशक : **राज पब्लिकेशन्स**

108, 4855 / 24, अंसारी रोड़,

दरियागंज, नई दिल्ली – 110002

दूरभाष– 9811010939

ई मेल: rajpublications@yahoo.co.in

शब्द संयोजक : अंकिता ग्राफिक्स, दिल्ली – 110084

मुद्रक : बालाजी ऑफसेट प्रिन्टर्स, दिल्ली– 110052

अनुक्रमणिका

दो शब्द

"खामोशियाँ बोल पड़ीं..." कहानी–संग्रह उन कहानियों का एक जीवंत दस्तावेज़ है, जो जीवन के उन क्षणों को उजागर करता है जहाँ शब्दों से ज़्यादा खामोशी बोलती है। ये कोई काल्पनिक चरित्र नहीं हैं, बल्कि हमारे आस–पास के वे लोग हैं, जिनके पास कोई मंच नहीं, लेकिन उनके जीवन के संघर्ष, प्रेम, त्याग और आत्मबल स्वयं एक मंच बन जाते हैं। यह संग्रह उस मानसिक और सामाजिक यात्रा को समर्पित है, जिसमें संवेदना, रिश्तों की गर्माहट और जीवन की कड़वाहटें एक साथ चलती हैं।

प्रत्येक कहानी एक दृश्य है, एक संवाद है, एक अनुभव है, जो पाठक के हृदय में कहीं गहरी पैठ बना जाता है। जैसे "नवरंगा बारी" एक स्मृति की तरह हमारे भीतर छुपे उस आँगन को जीवित करती है जहाँ खुशियाँ, संघर्ष और संस्कार साथ पले–बढ़े। वहीं "नंदू की चाय" केवल एक दुकानदार की कहानी नहीं, बल्कि उस आत्मीयता की बात है जो ठंडी सुबहों में चाय के प्यालों के साथ रिश्तों को गरमाहट देती है। "पेंशन लग गई" उस छोटे से सुख का प्रतीक है जिसे पाने के लिए बुजुर्ग अपने पूरे जीवन की थकान समेटे इंतज़ार करते हैं। और

फिर जब वह क्षण आता है, तो उसमें सिर्फ पैसों की नहीं, आत्म–सम्मान की भी पुनः स्थापना होती है।

इस संग्रह की एक विशेषता यह है कि इसकी कहानियाँ भावुकता की चाशनी में डूबी हुई होते हुए भी यथार्थ के ठोस धरातल पर खड़ी हैं। "सुधिया" में एक गरीब लड़की की सादगी, उसके सपनों की उड़ान और उसके भीतर के साहस को देखा जा सकता है, तो वहीं "पैसों की भूख" में यह साफ़ झलकता है कि कैसे धन का लालच रिश्तों को निगल जाता है। "बूढ़े बाप की सीख" केवल किसी बुढ़ापे की विवशता नहीं है, बल्कि वह अनुभवों से पके हुए शब्द हैं जो किसी आने वाली पीढ़ी की दिशा तय कर सकते हैं। इन कहानियों में केवल पात्र नहीं हैं, ये वे चेतावनियाँ हैं जो जीवन के हर मोड़ पर किसी ना किसी रूप में हमारे सामने खड़ी होती हैं, लेकिन अक्सर हम उन्हें अनसुना कर देते हैं।

कहानी "आत्मज्ञान" संग्रह का ऐसा मोती है जो पूरे पुस्तक की आत्मा बन जाता है। यह कहानी यह बताती है कि जीवन का असली बोध तब होता है जब हम दूसरों के दुःख को स्वयं महसूस करते हैं। अनाथालय और वृद्धाश्रम जैसी जगहों पर जाकर जब कोई युवा अपने जीवन के मकसद को पहचानता है, तो वही क्षण आत्मज्ञान का बन जाता है। इसी तरह "कुर्ता कंधे पर" में कामता बाबा जैसे पात्र हमें हँसाते भी हैं और सोचने पर मजबूर भी कर देते हैं कि सादगी और कंजूसी के बीच कितना बारीक अंतर होता है।

इस संग्रह की हर कहानी एक खामोश आवाज़ है। 'वीरान गाँव' सिर्फ एक भूगोल नहीं बल्कि भावनाओं का मरुस्थल है, जहाँ कभी जीवन की रौनक थी और अब सिर्फ यादें हैं। 'बेटी की विदाई' एक ऐसा मूक क्षण है जिसे शब्दों में बाँधना असंभव है– जहाँ पिता की चुप्पी ही उसकी सबसे बड़ी पुकार बन जाती है। "बाबा की याद",

"पछतावा", "बेसहारा", और "अंतिम दृश्य" जैसी कहानियाँ हमें जीवन के उस अंतिम किनारे तक ले जाती हैं जहाँ खामोशी, मृत्यु और स्मृतियाँ एक साथ बैठी होती हैं और पाठक केवल नतमस्तक हो सकता है।

"अपंग की दुनिया", "पत्नी भक्त", "दखलअंदाज़ी" जैसी कहानियाँ समाज में फैली उन विसंगतियों की ओर इशारा करती हैं जिनसे हम रोज़ टकराते हैं लेकिन अनदेखा कर देते हैं। इन कहानियों की खास बात यह है कि ये आपको उपदेश नहीं देतीं, बल्कि आपके भीतर एक सवाल छोड़ जाती हैं, जिसका उत्तर आपको खुद खोजना होता है। "सेठ मसूरीलाल" एक ऐसे व्यक्ति की कहानी है जो धन के मद में इंसानियत खो देता है और अंत में उसे वही लोग आईना दिखाते हैं जिनकी कभी वह उपेक्षा करता था।

"लालसा", "तड़प", "दिल की आवाज़" और "दुल्हन" जैसी कहानियाँ समाज की परतों में छिपी हुई उन संवेदनाओं को सामने लाती हैं, जिन्हें अक्सर हम शिष्टता या परंपरा के नाम पर दबा देते हैं। इन कहानियों में स्त्री की मनोस्थिति, उसकी आकांक्षाएं और उसका संघर्ष बहुत ही सरल और प्रभावशाली ढंग से प्रस्तुत किया गया है। विशेष रूप से 'दुल्हन' जैसी कहानी में जहाँ केवल श्रृंगार नहीं, बल्कि उस लड़की की आँखों में छिपा भय, उम्मीद और न समझे गए प्रश्नों का समुच्चय होता है।

"नई सोच", "भारत गौरव", "उजाला" जैसी कहानियाँ सकारात्मक परिवर्तन की ओर संकेत करती हैं। ये कहानियाँ पाठकों को निराशा से बाहर लाकर आशा की एक नयी राह पर ले जाती हैं। इनमें समाज सुधार, शिक्षा और नवचेतना की झलक मिलती है। और अंत में जब आप "बुढ़ापा" जैसी कहानी पढ़ते हैं, तो आप यह महसूस करते हैं कि ज़िंदगी की सबसे बड़ी सच्चाई उम्र नहीं, बल्कि वह अपनापन है जो

कभी किसी शब्द में नहीं समाता, लेकिन जिसकी कमी हर दिल में चुभती है।

"खामोशियाँ बोल पड़ीं" कोई परीकथा नहीं है, यह जीवन की उस सच्चाई का प्रतिनिधित्व है जहाँ हम सब कहीं न कहीं शामिल हैं। ये कहानियाँ न नायक की महिमा गाती हैं और न किसी खलनायक की आलोचना करती हैं। ये बस जीवन को उसी रूप में प्रस्तुत करती हैं जैसा वह है–कभी सुंदर, कभी कठोर, कभी खामोश, कभी मुखर।

इस संग्रह को लिखते समय मेरा उद्देश्य किसी चमत्कारी साहित्य रचना का नहीं था, बल्कि उस जीवन को स्वर देना था जो हम सभी जीते हैं पर कभी समझ नहीं पाते। ये कहानियाँ शायद आपको आपकी अपनी कहानी जैसी लगें–कहीं आपकी माँ की तरह, कहीं आपके पिता जैसे, कहीं आपके गाँव की गलियों में छुपी स्मृतियों के जैसे। अगर इस संग्रह की कोई भी कहानी आपके हृदय को स्पर्श कर जाए, आपके सोचने की दिशा को थोड़ा भी झुका दे, तो मैं समझूँगा कि मेरा प्रयास सार्थक हुआ।

– जगदीश शुक्ल

नवरंगा बारी

आज से सौ डेढ़ सौ साल पहले पौधो की नर्सरी नहीं होती थी जिससे लोग अपने बगीचों में एक ही तरह के पौधे नहीं लगा पाते थे, जिसे जब जहाँ से कोई पौधा मिला ले लिया और अपने जमीन में लगा दिया, ऐसे ही करके लोग बड़े–बड़े बाग बगीचे लगा देते थे। उस समय के बाग बगीचों मे आज की तरह घेरेबंदी या चार दीवारी नहीं होती थी, आपस में इतना भाई चारा था कि कोई कभी किसी के बाग़ बगीचे में आ जा सकता था।

ऐसे ही एक बगीचा किसी गाँव में वहाँ के पूर्वजों ने लगाया था उन पेड़ो पर आम रंग बिरंगे किस्म के लगते थे। एक दिन दुसरे गाँव के दो चार लड़के उस बगीचे में आम तोड़ने आये और आम तोड़कर जाने लगे तबतक उस बगीचे के मालिकों के चार पांच लड़के आ गये उनमें से एक ने कहा कि अरे भाई ! ये आम तो अभी बहुत छोटे व कच्चे हैं, आम खाना हो तो एक डेढ़ महीने बाद आना तब तुम लोगो को तरह–तरह के रंग बिरंगे आम दिखायेंगे और खिलाएंगे।

रंग बिरंगे आम ?

हाँ भाई ! रंग बिरंगे आम।

जो आम तोड़कर ले जा रहे थे, उनमे से एक लड़के ने कहा कि हमलोगों ने जो आम लिए हैं ये तो केवल हरे–हरे हैं।

हाँ, इसीलिए न कह रहा हूँ कि एक महीने बाद आना तब तुमलोगों को रंग बिरंगे आम देखने और खाने को मिलेंगे।

ठीक है भाई ! जब आम पक जायेंगे तब हमलोग आयेंगे लेकिन यह बताओ कि इसे नवरंगा बारी क्यों कहते हैं?

बगीचा बहुत पुराना हो गया था उस बगीचे को लगाने वाले की तीसरी पीढ़ी चल रही थी लेकिन बगीचे का बंटवारा अभी तक नहीं हुआ था इसलिए जिसे जब समय मिलता बगीचे में जाता और अपनी जरूरत के हिसाब से आम तोड़ लेता। उन दिनों आम के बगीचों की रखवाली करने की जरूरत भी नहीं होती थी क्योंकि अधिकतर लोग ईमानदार होते थे।

एक बार जोरदार आंधी तूफान आया जिससे पेड़ों के सारे आम गिरने लगे इसलिए बगीचे के मालिक के लड़के आम के लिए बगीचे की तरफ दौड़े क्योंकि उन्हें पता था कि आम पक गए हैं और खूब गिरेंगे। पूरा बगीचा पके आमो से पटा पड़ा था। बगीचे में चारो तरफ रंग बिरंगे आम बिखरे पड़े थे जो बहुत ही मनमोहक लग रहे थे यह एक अद्भुत दृश्य था दूर से देखने से ऐसा लग रहा था कि बगीचे में कोई रंग बिरंगी कारीगरी की गई है।

सभी लड़के आम चुन रहे थे कि उसी समय दुसरे गाँव वाले वे लड़के भी आ गये जो कुछ दिनो पहले उसी बगीचे से कच्चे आम तोड़कर ले गये थे क्योंकि उन्हें मालूम था की इस नवरंगा बारी से आम लेने पर कोई कुछ नहीं बोलता। उनमें से एक लड़के ने पूछा भाई! क्या हमलोग भी कुछ आम चुन सकते हैं ?

एक ही साथ दो तीन लड़को ने कहा, हाँ, हाँ जरुर ले सकते

हो।

उन लड़को ने भी खुशी–खुशी आम चुने उन्हीं में से एक लड़का बोला, भाई यह बताओ कि इस बगीचे से आम लेने से कोई क्यों नहीं बोलता ?

भाई ! तुमने बहुत अच्छा सवाल किया !

इसका मुख्य कारण यह है कि बगीचे की वर्तमान पीढ़ी ने इसे लगाने में कुछ भी मेहनत नहीं की है और बगीचे का अभी बंटवारा भी नहीं हुआ है तो कौन देखभाल करने का झंझट पाले ? सब यही सोचते कि जाने दो "अपने बाप का क्या जाता है"।

हाँ, यही बात है तभी तो यह नवरंगा बारी मशहूर है कि यहाँ जब चाहो आओ और आम तोड़कर ले जाओ। दुसरे गाँव के एक लड़के ने कहा––

भाई ! यह बताओ कि इतने सारे आम का तुम लोग क्या करोगे?

बगीचे के मालिक के लड़को में से एक ने कहा कि हमलोगों का खानदान इस समय तीन घरो में बंटा हुआ है और हर घर में आपस में भी बंटवारा हुआ है लेकिन वे लोग बंटवारे के बावजूद अभी तक एक ही घर में हैं इसलिए हमसभी लोग अपने अपने घरो में ये सारे आम ले जायेंगे जहाँ इनकी आसानी से खपत हो जाएगी।

दुसरे गाँव से आये एक लड़के ने पूछा – इस बगीचे का नाम नवरंगा बारी क्यों है ?

हाँ, इसकी भी एक दिलचस्प कहानी है। हमारे पूर्वज बताते हैं कि सबसे पहले जिस बाबा ने यह बगीचा लगाया था उन्होंने कुल नौ आम के पेड़ लगाये थे जो सब अलग–अलग किस्म के थे और सबमे अलग–अलग किस्म के आम लगते थे इसीलिए इसे नवरंगा बारी

कहते हैं इन पेड़ों का नाम इस प्रकार था, जिसे आज भी हम उसी नाम से उन पेड़ों को पुकारते हैं–

1. सिपिहवा – छोटा सा पीला मीठा
2. भरुकहवा – थोड़ा बड़े साइज़ का काला लेकिन रसीला
3. करिहवा – छोटा काले रंग का खट्टा मीठा
4. केरहवा – केले की तरह थोड़ा लम्बा पीला मीठा
5. सेनुरिहवा – छोटा लेकिन सेन्दुरी रंग का
6. छोटका खटहवा – छोटा लेकिन बहुत खट्टा
7. बड़का खटहवा – आकर में थोडा बड़ा लेकिन खूब खट्टा
8. टैरिहवा – बहुत छोटा लेकिन कोई स्वाद नहीं
9. मलदहवा – बड़े साइज़ का रसीला मीठा

दुसरे गाँव से आये लड़को में से एक लड़के ने कहा– भैया ! लेकिन यहाँ तो बहुत पेड़ हैं।

हाँ, यहाँ हमारे कुल 65 पेड़ हैं। लेकिन यहाँ तो दो सौ से ज्यादा पेड़ दिखाई दे रहे हैं।

हाँ, वे सब गाँव के दुसरे कई लोगो के हैं।

क्या, सबकी अपनी–अपनी जमीन यहाँ पर है ?

हाँ !

लेकिन यहाँ कहीं कोई डांड मेड तो दिखाई नहीं देती ऐसा क्यों ?

बात ऐसी है कि आज से 40 –50 साल पहले लोगों में इतनी सच्चाई और ईमानदारी थी कि इसकी कोई जरूरत ही नहीं महसूस

करते थे। आपस में इतना भाई चारा था कि सब सबसे लगाव रखते और प्यार करते थे यहाँ तक कि कोई किसी के पेड़ से कुछ आम तोड़ ले तो कोई कुछ नहीं बोलता नहीं बुरा मानता।

भाई ! हमलोगों के गाँव में कोई किसी के पेड़ से एक आम भी नहीं ले सकता, आसपास सटे हुए बहुत लोगो के पेड़ बगीचे हैं लेकिन सबकी मेडबंदी है।

क्या, यहाँ का पूरा बगीचा नवरंगा बारी ही कहलाता है ?

हाँ !

भाई ! जैसा आपने बताया था कि आप लोगों के यहाँ 65 पेड़ हैं तो उन पेड़ों को किसने लगाया होगा ?

जिस बाबा ने शुरू मे नौ पेड़ लगाये थे, उन्ही के लडके नाती पोतों ने।

क्या, उन पेड़ो के आम भी अलग–अलग तरह के हैं ?

हाँ, कुछ आम अलग–अलग तरीके के हैं और कई आम के पेड़ एक ही तरह के भी हैं।

लेकिन तब भी ये बगीचा नवरंगा बारी ही कहलाता है। दुसरे गाँव के लड़के ने पूछा।

हाँ, क्योंकि सबसे पहले वाले बाबा ने जो नाम रखा था उन्हीं की याद में इस बगीचे का नाम नवरंगा बारी ही रह गया।

वाह, भाई वाह ! उस बाबा का ही आशीर्वाद है कि एक बाबा से तुमलोगों का परिवार इतना बड़ा हो गया।

आम लेने के बाद एक लड़के ने कहा कि नवरंगा बारी लगाने वाले बाबा की– "जय"। सब बच्चे एक ही साथ बोल पड़े कि "जय बाबा की जय"।

नंदू की चाय

बारहवीं की परीक्षा देने के बाद एक गाँव के कुछ लड़के आपस में बात करते हुए अपने–अपने घर जा रहे थे। एक लड़के ने पूछा कि किसका पेपर कैसा हुआ है ?

सबने कहा–मेरा, मेरा, मेरा ..

अरे भाई! ऐसे कैसे मान ले ?

उसी समय जोगेश्वर दूसरी तरफ से आता हुआ दिखाई दिया वह भी किसी शहर में अपने पिता के साथ रहकर बारहवीं में पढता था, उसे देखते ही सबने एकसाथ ही पूछा–––

अरे जोगेश्वर तुम्हारे पेपर्स कैसे रहे ?

हमारे पेपर्स तो लाल पीले हरे विभिन्न रंगों के थे।

ये क्या बात हुई ?

क्यों तुम लोगों के पेपर्स कलरफुल नहीं थे क्या ?

एक लड़के ने कहा कि कलरफुल तो थे लेकिन हमारा मतलब यह था कि तुम्हारे पेपर्स कैसे हुए है ?

हाँ यह पूछो! मेरे सभी पेपर्स अच्छे हुए हैं मैथमेटिक्स में उम्मीद थी कि above 95 प्रतिशत आ जायेंगे लेकिन केवल 80 मार्क्स के ही सही हुए हैं।

चलो ठीक है, शहर में पढ़ने का यही तो फायदा है, ध्यान केवल पढाई के तरफ ही होता है।

हाँ, यह बात सही है लेकिन तुम लोगो जैसी चालाकी होशियारी और देहाती बुद्धि हम नहीं सीख पाते।

उनमे से एक लड़के ने कहा कि नहीं सीख पाते तो अच्छा ही है कम से कम सीधे साधे सरल प्रकृति के तो हो।

लेकिन आजकल सीधे साधे लोगो का गुजारा नहीं है ऐसे लोगो को तो देहाती लड़के बेवकूफ़ या सिधवा समझते हैं।

तीसरे ने कहा कि जिसकी नौकरी सबसे पहले लगेगी उसी का पेपर सबसे अच्छा माना जायेगा और वह नंदू की दुकान पर चलकर चाय पिलाएगा।

हाँ ! यह तो ठीक है, चलो परीक्षा समाप्त होने की खुशी में आज ही वहाँ चाय पीते हैं लेकिन पैसा सब अपना अपना देंगे। सबने नंदू की दुकान में जाकर चाय पी और उसके बाद अपने अपने घरो को चले गये।

परीक्षा का परिणाम आया सब बच्चे पास हो गये इसलिए सभी बहुत खुश थे। सब लड़के अब अपने–अपने अगले कार्यक्रम मे व्यस्त हो गये। उसी में से कोई किसी परीक्षा की तैयारी करने लगा तो कोई किसी नौकरी का फार्म भरने लगा। एक दिन गाँव के लड़के गाँव समाज की जमीन पर बने मैदान में कबड्डी खेल रहे थे उसी समय पोस्ट मैन वहां आया और पूछा कि–जोगेश्वर कौन है ?

मै हूँ भाई ! क्या बात है ?

तुम्हारा कोई रजिस्टर्ड लेटर आया है, जल्दी से लेटर लेकर जोगेश्वर ने खोला तो देखता है कि यह तो उसका अपॉइंटमेंट लैटर है। उसका रेलवे में TC के पद पर नियुक्ति का पत्र था, जोगेश्वर खुशी से झूम उठा।

सब लड़को ने कहा कि अब तो वादे के अनुसार तुम्हे हमलोगों को नंदू की दुकान पर चलकर नास्ता पानी कराना पड़ेगा।

हाँ, भाई हाँ जरुर, मै ड्यूटी ज्वाइन करके जब छुट्टी पर घर आऊंगा तो तुम सबको किसी अच्छे होटल में ले जाकर खूब मिठाई खिलाऊंगा चाय पिलाऊंगा।

जोगेश्वर नियत समय पर ड्यूटी के गंतव्य स्थान पर पहुंचकर ड्यूटी ज्वाइन कर लिया। ट्रेनिंग और ड्यूटी ज्वाइन करने के करीब एक साल बाद वह अपने घर आया, उसका पूरा परिवार खुश था उसके घर में खुशी का माहौल था।

एक दिन वह अपने घर के बाहर बैठा ही था कि 5–6 लड़के आ गये और उसे बधाई देने लगे। एक लड़के ने कहा कि क्यों न इसी ख़ुशी में हम नंदू की दुकान पर चले ?

हाँ, हाँ, हमलोग कल शाम को चलेंगे।

सब दुसरे दिन शाम को नन्दू की दुकान की तरफ चले। इधर उधर की बातें करते हुए वे लड़के नन्दू की दुकान पर पहुंच गये और खाली टेबल कुर्सी देखकर सब बैठ गये। नंदू की दुकान थी तो बहुत छोटी मतलब दुकान के नाम पर केवल एक लकड़ी की गुमटी और गुमटी के पास दो तीन टेबल कुर्सी। नंदू की दुकान चाय समोसे और छोले के लिए उस पूरे क्षेत्र में मशहूर थी। वैसी चाय वहाँ आसपास में कोई नहीं बनाता था।

जोगेश्वर ने नंदू को छोले, समोसे और चाय का आर्डर दिया,

नाश्ता पानी करने के बाद जोगेश्वर दुकानदार नंदू को पैसे देने लगा तो एक लड़के ने कहा, मैं देता हूँ, दूसरे ने कहा, मैं देता हूँ इसी प्रकार करीब–करीब सब लड़को ने पैसा देने के लिए कहा लेकिन कोई आगे नहीं बढ़ा, जोगेश्वर इन सबको अच्छी तरह जानता था वह यह भी जानता था कि हो सकता है कि इनमें से कुछ के पास एक रुपया भी न हो, लेकिन दिखावे में सब उछल रहे हैं, उसने कहा भाई! तुम सब रहने दो पैसे मैं देता हूँ, वैसे भी तुम सबको चाय पिलाना मेरा फर्ज बनता है जैसा परीक्षा के बाद बात हुई थी कि जिसकी नौकरी पहले लगेगी वही चाय पिलाएगा।

हाँ, भाई हाँ ! परीक्षा के बाद तो हम लोगों ने यही बात की थी, एक लड़के ने कहा।

अरे भाई ! चाय पीना पिलाना कौन सी बड़ी बात है ? यही सब बात करते हुए लड़के अपने घरो की तरफ जा रहे थे। इसी बीच एक लड़के ने दुसरे से धीरे से कहा कि देखा ! कैसे बेवकूफ बना दिया? हमने जोग को सौ दो सौ का चूना लगा दिया।

जोगेश्वर उसी लड़के के पीछे–पीछे चल रहा था यह उस लड़के ने नोटिस नहीं की थी, जोगेश्वर ने उस लड़के की यह बात सुनी और कहा कि कैसे विचार हैं तुम्हारे ? यही तुम्हारी सोच है यही तुम्हारे विचार हैं? तुमने यह नहीं देखा कि मुझे कितनी खुशी हुई तुम सबको चाय नाश्ता कराके ? मैंने तो यह सोचा कि तुम सब अभी कुछ कमा नहीं रहे हो ऐसे में तुम लोगो से एक पैसा भी खर्च कराना ठीक नहीं है। यह मै अपना सौभाग्य ही मानता हूँ कि हम सब एकसाथ पढने वालो में सबसे पहले नौकरी में मैं गया और मुझे अपने दोस्तों को चाय नाश्ता कराने का मौका मिला।

कितनी घटिया सोच है ? मेरी सारी खुशी तुमने मिट्टी में मिला दिया।

माफ़ करना, जोगेश्वर भाई ! मुझसे गलती हो गई।

गलती नहीं हो गई बल्कि जैसा मैने पहले कहा था कि तुम लोग देहात में रहकर बहुत ही होशियार चालक और जलेबी जैसे सीधे हो जाते हो।

एक दूसरे लड़के ने कहा, कि अरे भाई ! गलती हो गई।

गलती नहीं हो गई बल्कि सच्चाई यह है कि आजकल सीधे सादे ईमानदार और सरल स्वभाव वाले व्यक्ति को लोग सीधा सिधवा बुरबक तथा बुद्धू समझते हैं जबकि छल कपटी चालक व जलेबी जैसे सीधे व्यक्ति को लोग होशियार स्मार्ट चतुर तेज तर्रार कहते हैं।

अरे, जोगेश्वर भाई! आप तो बुरा मान गये हमने तो गलती से ऐसे कह दिया था।

तुम कहते हो कि तुमसे गलती हो गई, तुमने ऐसे ही गलती से कह दिया था, लेकिन जानते हो यह गलती क्यों हो गई तुमसे? क्योंकि ऐसी ही आदत बन गई है तुम्हारी। तुम्हारे लिए यह आदतन गलती हो सकती है लेकिन मुझे तो जिन्दगी भर यह बात याद रहेगी और फिर से कभी किसी को चाय पिलाने से पहले दस बार सोचना पड़ेगा।

चलो कोई बात नहीं ! लेकिन आज की बात और नन्दू की चाय तो हमेशा याद रहेगी।

पेंशन लग गई

गणेशीलाल गाँव के संस्कृत विद्यालय में संस्कृत पढ़ते थे। पांच छः साल पढ़ने के बाद आगे की पढाई करने के लिए वे किसी दुसरे शहर में अपने घरेलू परिस्थितियों की वजह से बाहर नहीं जा सके। घर का काम काज करने के बाद अपना अधिक से अधिक समय धार्मिक पुस्तकें पढ़ने और धार्मिक कार्यो में लगाते।

एक दिन उनके पिताजी ने कहा कि घर पर बैठकर दिन भर क्या करते रहते हो ? जब देखो तब "लघु सिद्धांत कौमादी" लेकर बैठे जाते हो नहीं तो कोई दूसरी धार्मिक पुस्तकों में व्यस्त हो जाते हो इससे जिन्दगी कैसे चलेगी तुम्हें कोई न कोई काम करना चाहिए तुम्हारी शादी भी हो गई है अब इससे काम नहीं चलेगा कहीं नौकरी वगैरह ढूंढ़ने की कोशिश करो।

इस बात का गणेशीलाल पर बहुत असर हुआ और उसी दिन से वे नौकरी की तलाश में बहुत परेशान होकर इधर–उधर भटकने लगे। एक दिन उनके भाई जो रेलवे में कहीं नौकरी करते थे एक हफ्ते की छुट्टी पर घर आये और देखे कि उनका छोटा भाई प्रतिदिन कहीं न कहीं जाता है और शाम तक घूमघाम कर आ जाता है तो उसने

अपने छोटे भाई से पूछा कि तुम प्रतिदिन कहाँ जाते हो ?

भईया ! मैं नौकरी के लिए भाग दौड़ कर रहा हूँ छोटे भाई ने कहा।

तो मुझसे क्यों नहीं बताया ? चलो एक दिन राजा साहब के पास चलते हैं उन्होंने मुझसे एक बार कहा था कि कभी कोई जरूरत हो तो बताना।

दोनों भाई राजा साहब के वहाँ पहुँच गये और दरवाजे पर खड़े दरबान से कहा कि हमलोगों को राजा साहब से मिलना है।

दरबान ने कहा कि राजा साहब ऐसे सबसे नहीं मिलते। बताओ कहाँ से किस काम के लिए आये हो ? अपना नाम पता लिखकर दो मैं उन्हें दे दूँगा यदि वे चाहेंगे तो बुलाएँगे तब मैं तुम्हे अंदर जाने दूँगा।

बड़े भाई ने अपना नाम पता सब लिखकर दिया जो दरबान ने जाकर राजा जी को पर्ची दी। पर्ची पढ़ते ही राजा साहब ने कहा, उन्हें जल्दी बुलाओ, क्या तुम उन्हें नहीं पहचानते जो उस दिन रेलवे स्टेशन पर मिले थे और हमारे लिए प्रथम श्रेणी वाला वेटिंग रूम खुलवाया था ?

नहीं सर ! मैं नहीं पहचान सका, माफ़ कीजियेगा।

राजा साहब ने उन्हें देखते ही पूछा, कहो कैसे आना हुआ ?

अंदर जाकर बड़े भाई और छोटे भाई हाथ ने जोड़कर प्रणाम किया, उन्हें देखते ही राजा साहब पहचान गये और पूछा कि क्या आप अभी उसी स्टेशन पर नौकरी कर रहे हैं ?

हाँ सरकार !

कहो कैसे आना हुआ ?

सरकार ! यह मेरा छोटा भाई है इसी की नौकरी लिए मैं आया

हूँ।

ये तो टीका चंदन लगाये पूरे पंडित जी लगते हैं ये क्या काम करेंगे, क्या इन्हें कुछ काम आता है ? राजा साहब ने पूछा।

नहीं सरकार ! यह तो संस्कृत विद्यालय में संस्कृत पढ़ रहा था पिता जी ने इसकी शादी भी कर दी है अब इसकी जिम्मेदारी बढ़ गई है, इसलिए यह दिनभर इधर उधर भटकता है नौकरी के चक्कर में। हजूर ! इसे आप कहीं भी लगा दीजिये यह बहुत ईमानदार और मेहनती लड़का है यह कुछ भी काम कर लेगा।

ठीक है, कल सुबह इन्हें लेकर हमारे चीनी मिल पर चले जाइएगा और वहाँ पर रामचन्द्र से मिल लीजियेगा, काम हो जायेगा।

दोनों भाइयों ने राजा साहब को प्रणाम किया और धन्यवाद देकर दुसरे दिन चीनी मिल पर रामचन्द्र से मिले, इन्हें देखते ही रामचन्द्र ने कहा कि राजा साहब का आदेश है तो कहीं न कहीं रखना पड़ेगा लेकिन ये पूरे पंडित जी लगते हैं ये क्या काम करेंगे ? एक साल पहले ही हमने एक पंडित जी को रख लिया है नहीं तो इन्हें ही उस जगह पर रख लेता ठीक है कोई बात नहीं ! ऐसा है आप अभी यह पर्ची लेकर उसमे लिखे आदमी के पास चले जाइये।

दोनों भाई बहुत खुश होकर वहाँ गये, पर्ची देखते ही वह आदमी बोला कि क्या इनको कुछ काम आता है ?

बड़े भाई ने कहा कि नहीं।

कोई बात नहीं ! राजा साहब का आदेश है तो इन्हें कहीं न कहीं तो रखना पड़ेगा चलिए ये हमारे साथ रहेंगे मै यहाँ पर सीनियर फीटर हूँ ये हमारे साथ ही कुछ देखते सीखते रहेंगे।

उसी दिन से गणेशीलाल फीटर लखन के साथ रहने लगे। टीका चन्दन लगाये धोती कुरता पहने ड्यूटी जाने लगे, फीटर लखन

उनसे कहते कि पंडित जी देखते रहिये कि कैसे मैं, क्या करता हूँ देखते–देखते धीरे–धीरे कुछ सीख जायेंगे। गणेशीलाल बड़े ध्यान से देखते। फिर कुछ दिनों बाद गणेशीलाल, लखन से बोले कि आप जो कर रहे हैं वैसा मैं भी कर सकता हूँ।

ऐसे–ऐसे करके गणेशीलाल दो चार साल में बहुत काम सीख गये। एक दिन फीटर लखन ने कहा कि पंडित जी ! आप टीका चन्दन लगाते हैं, धोती कुरता पहनते है, यह तो अच्छी बात है लेकिन यह आपके काम से मैच नहीं खाता इसलिए आप अपने लिए हाफ या फुल पेंट बनवा लीजिये। और यहाँ आने के बाद से उसे पहन लिया करें, फिर घर जाते समय यहीं निकाल कर रख दीजिये। गणेशीलाल को यह बात बहुत पसंद आई क्योंकि उन्होंने अनुभव किया था कि काम करते समय उन्हें दिक्कत होती थी।

अब प्रतिदिन वे ड्यूटी पर अपने टीका चन्दन धोती कुरता वाले ड्रेस में आते और आते ही धोती के ऊपर ही पैंट पहन लेते और काम में जुट जाते काम में दिलचस्पी लेने से वे जल्दी ही अपने काम के अच्छे जानकर हो गये और उनकी सहायक फीटर में प्रोन्नति हो गई लेकिन पूरे शुगर फैक्ट्री में एक अच्छे फीटर के रूप में पंडित जी के नाम से मशहुर हो गये। फैक्ट्री के सभी लोग उन्हें फीटर पंडित जी कहते जो अपनी ईमानदारी मेहनत और सद्वयवहार के लिए प्रसिद्ध हो गये।

अब उन्होनें गाँव घर से लेकर फैक्ट्री तक पंडित जी के रूप में अपनी पहचान बना ली। अपने सीधे सरल ईमानदार स्वभाव और मृदुभाषी व्यक्तित्व की वजह से वे सबके प्रिय बन गये। सादगी का जीवन जीते हुए पंडित जी ने अपने बच्चो को पढ़ाया लिखाया और अपनी पूरी नौकरी पूरी कर ली, चूँकि यह प्राइवेट नौकरी थी इसलिए कुछ ग्रेचुय्टी वगैरह मिली, लेकिन पेंशन कुछ नहीं मिलती थी।

इनके लड़के हर महीने कुछ भेज देते जिससे इनका घर का काम चलता था, ऐसे ही करते 5 –6 साल बीत गये। एक दिन इनका बड़ा लड़का अपने नौकरी से घर आया और दुसरे दिन घुमने के लिए पास के बाजार में निकल गया, जब वह बाजार से घर आ रहा था तो पीछे से तेज कदमो से आते हुए एक आदमी ने आवाज लगाई, आवाज सुनकर गणेशीलाल का बड़ा लड़का रुक गया और देखते ही समझ गया कि ये पास के गाँव वाले एक मास्टर साहब हैं। वह लड़का उन्हें जानता था, देखते ही हाथ जोड़कर प्रणाम किया।

मास्टर साहब ने पूछा कि कहाँ से आ रहे हो ?

ऐसे ही बाजार घुमने आया था।

अच्छा, क्या करते हो, कहाँ काम करते हो ? इत्यादि पूछने के बाद थोड़ी देरी के लिए रुके और फिर बोले – मुझे चाय पीनी है, पांच रूपये दे दो न !

लड़के ने अपने पॉकेट में हाथ डाला लेकिन उसका सिर चकरा गया और कहा कि पैसे तो नहीं हैं।

मास्टर साहब ने कहा कि कोई बात नहीं है।

इसके बाद वह लड़का तमाम बातें सोचते हुए घर की तरफ जा रहा था उसके जेहन में अपने पिता की तस्वीर बार–बार आ रही थी वह सोचने लगा कि कहीं हमारे पिता जी भी तो किसी के सामने ऐसी बातें नहीं करते क्योंकि वे भी तो प्रतिदिन पास के बाजार में जाते हैं।

घर पहुँचते ही वह अपने पिता जी के पास गया जो माता जी से पूछ रहे थे कि उस वाले खेत में इस साल क्या बोया जाए ?

उनकी यह बात सुनकर लड़के ने कहा – पिता जी उस खेत में जो कुछ बोना हो बोईयेगा, पहले यह बताइए कि आपलोगों का घर

खर्च कैसे चलता है ?

अरे ! यह बात इस समय क्यों पूछ रहे हो ?

वैसे ही जानकारी के लिए पूछ रहा हूँ।

तुम हर महीने कुछ न कुछ भेजते ही हो जिससे मेरा काम चल जाता है, और कभी–कभी कुछ छोटे वाला लड़का भी दे देता है।

कोई दिक्कत तो नहीं होती ?

नहीं, कोई दिक्कत नहीं होती, लेकिन यह बात क्यों पूछ रहे हो ?

बात ऐसी है पिता जी कि अब अगले महीने से आप दोनों की पेंशन लग गई है।

कैसी पेंशन, कौन सी पेंशन ? गणेशीलाल जी ने पूछा।

अब अगले महीने से आप दोनों को पेंशन मिलेगी।

तुम पहेली क्यों बुझा रहे हो साफ–साफ बताते क्यों नहीं ? मुझे रिटायर हुए करीब 6 साल हो गये और वह भी प्राइवेट नौकरी से, उसमें पेंशन नहीं मिलती। आखिर तुम्हें यह बात किसने बता दी? यह सब झूठ है तुम्हें किसी ने गलत बात बताई है, गणेशीलाल ने कहा।

तब जाकर उनके लड़के ने वह सारी बात बताई, जो बाजार से आते हुए उसके साथ हुई थी।

उसके पिता ने पूछा कि वह कौन था, क्या पहने थे, कैसे थे ?

लड़के ने बताया कि वे साफ सुथरा धोती कुरता पहने हुए थे, वे पास के गाँव वाले मास्टर साहब थे।

ओहो ! अब समझ गया, लेकिन यह पेंशन वाली बात कहाँ से आ गई ?

पिता जी ! बात ऐसी है कि मैं नहीं चाहता कि आप लोगों को कभी कोई पैसो की परेशानी हो इसलिए हर महीने आपके खाते में इतना... डाल दूंगा उसी में से.... माँ को भी दे दीजियेगा। यह रकम पेंशन के रूप में आप दोनो को बराबर मिलती रहेगी।

लेकिन बेटा ! यकायक यह तुम्हें क्या हो गया ?

पिताजी ! मास्टर जी ने जब पैसे मांगे तब उसी समय मेरे सामने आपका चेहरा आ गया जो मुझे अंदर तक झकझोर दिया कि कहीं आपलोगों को भी कभी पैसो की कमी महसूस नहीं होती?

नहीं बेटा ! तुम ऐसी चिंता न करो हम भूखे रह जायेंगे, नमक रोटी खा लेंगे, लेकिन किसी के सामने हाथ नहीं फैलायेंगे, वे सफ़ेदपोशी मास्टर जी आये दिन ऐसा करते रहते हैं जबकि वे काफी खेती बाड़ी वाले है, इसीलिए तो वे अपने पूरे जवार में बदनाम हैं।

पिता जी कोई बात नहीं, अब हर महीने मैं माँ का और आपका पैसा आपके अकाउंट में डाल दिया करूँगा। आप अपनी पेंशन समझते हुए, जब भी जरूरत हो निकाल लीजियेगा। मुझे बहुत खुशी है कि मेरे पिता जी आत्म सम्मानी हैं जिससे मेरा सीना गर्व से ऊँचा रहता है।

बेटा ! यह सब तुम लोगो की वजह से ही सम्भव हो पाता है क्योंकि तुमलोग जो बुढ़ापे में मेरा ध्यान रखते हो।

•••

सुधिया

एक गरीब परिवार में पैदा हुई सुधिया की शादी उसके माँ बाप ने अपने ही समान किसी गरीब परिवार के सुखन नाम के लड़के से कर दी, जो किसी बड़े शहर में एक सेठ के यहाँ काम करता था। सुखन बहुत मेहनती, ईमानदार लेकिन महत्वाकांक्षी था, मेहनती और ईमानदार होने के साथ महत्वाकांक्षी होना बुरा नहीं है परन्तु वहीं बुरा हो जाता है, जब कोई बिना कुछ किये बड़े–बड़े सपने देखने लगता है। ऐसे लोग संत मलूक दास का यह दोहा जरुर याद रखते हैं कि–

अजगर करे न चाकरी पंछी करे न काम,
दास मलूका कह गये सबके दाता राम।

लेकिन सुखन इसके विपरीत खूब मेहनत और ईमानदारी से काम करता था। सेठ जब भी कोई महत्वपूर्ण काम करता तो सुखन को जरुर बताता क्योंकि वह सुखन और उसकी पत्नी सुधिया पर बहुत भरोसा करता था, जब कहीं व्यापार से सम्बंधित काम के लिए सेठ को बाहर जाना हो या घुमने फिरने या तीर्थ यात्रा पर जाना हो तो सेठ सुखन को जरुर साथ ले जाता।

एक बार सेठ ने तीर्थ यात्रा पर जाने का मन बनाया और अपनी

पत्नी से कहा कि क्यों न हमलोग अपनी कार से ही तीर्थ यात्रा पर चले ? सेठ की पत्नी ने हाँ में सर हिलाया और तत्काल ही कहा कि सुखन को भी साथ ले चलियेगा क्योंकि वह बहुत ईमानदार और वफादार है।

उसकी ईमानदारी और वफादारी से तीर्थ यात्रा का क्या सम्बन्ध है? सेठ ने अपनी पत्नी से पूछा।

आप नहीं जानते ! ऐसे आदमी कब, कहाँ, किस रूप में काम आ जाये नहीं कहा जा सकता।

एक महीने बाद सेठ अपनी पत्नी के साथ तीर्थ यात्रा पर जाने वाले थे इसलिए वे अपने सारे जरुरी और महत्वपूर्ण काम निपटा लेना चाहते थे। उनके घर में अनेको नौकर नौकरानियाँ थी, दो लड़के 8 और 10 साल के थे, सेठ सबसे ज्यादा भरोसा सुखन और उसकी पत्नी सुधिया पर करते थे। तीर्थ यात्रा जाने का दिन आया तो सेठ ने कहा, एक हफ्ते के लिए हमलोग बाहर चल रहे हैं और तो सारा काम नौकर चाकर संभाल लेंगे लेकिन लॉकर की चाबी का क्या किया जाये ?

सेठानी ने कहा कि चाबी साथ में लेते चलिए !

नहीं, नहीं ! हमे कभी भी ऐसा नहीं करना चाहिए क्योंकि कभी कहीं रास्ते में लॉकरों की चाबी गिर जाये तो हम क्या करेंगे ?

तो ऐसा कीजिये कि सुधिया को दे दीजिये।

हाँ, यह हो सकता है।

लॉकर्स की चाबी सुधिया को देकर सेठ–सेठानी ड्राईवर और सुखन के साथ तीर्थ यात्रा पर निकल पड़े। दो–तीन दिन हरिद्वार ऋषिकेश घुमने के बाद सेठ ने कहा कि क्यों न हम लोग बद्रीनाथ के भी दर्शन कर ले, वहाँ ज्यादा चलना नहीं पड़ता है आसानी से दर्शन

भी हो जायेगें। चौथे दिन ऋषिकेश से वे लोग बद्रीनाथ के लिए निकल पड़े। ठंडी–ठंडी हवाएँ मनमोहक दृश्य बहुत ही लुभावना लग रहा था। सेठ ने कहा कि मन तो ऐसा करता है कि यहीं–कहीं घर बना लें लेकिन फिर सोचता हूँ कि हमारे उस घर व्यापार का क्या . .. हाँ....हाँ क्या हो ग....

सामने से आती एक मिनी ट्रक सेठ की कार को जोरदार टक्कर मारते हुए साथ में चल रही गहरी नदी में गिर गई। सेठ के ड्राईवर ने बहुत कोशिश की, कि वह कार रोक ले। लेकिन कार सड़क के आखिरी छोर पर थी, इसलिए रोकते–रोकते भी वह मिनी ट्रक के उपर से होती हुई नदी में गिर गई।

भीड़ इकठ्ठी हो गई, पुलिस वाले क्रेन एम्बुलेंस इत्यादि सब शीघ्रातिशीघ्र लेकर मौके पर पहुँच गये। सब यही कह रहे थे कि लगता है कि किसी के बचने की संभावना नहीं है। नदी की धारा बहुत तेज है, उसमे तो कोई बच नहीं सकता, तबतक एक आदमी चिल्लाया–

वह देखो ! उस तेज धार में एक आदमी बहा जा रहा है !

क्रेन वाले ने देखा कि उसी तेज धार में एक नुकीला पत्थर है जिसे पकड़कर कोई चिल्ला रहा है–

वहाँ उपस्थित सभी लोगो की मदद से तेज धार के पत्थर के पास एक गोताखोर को भेजा गया, जिसने अपनी सूझबूझ और वहाँ उपस्थित लोगों तथा क्रेन की मदद से एक पुरुष और एक औरत को बाहर निकाला। उन दोनो को पास के हॉस्पिटल में एडमिट कराया गया। दूसरे दिन होश में आने पर आदमी ने पूछा कि क्या हुआ, मैं कहाँ हूँ, मेरी पत्नी और मेरा सुखन कहाँ है ?

आदमी और औरत दोनों होश में आ चुके थे, पुलिस वालों ने

आकर उनसे पुछताछ की, जिसमें पता चला कि वे दोनों पति पत्नी हैं और उन्हें बचाने वाला उनका नौकर सुखन था। जो उन दोनो को बहते पानी से खींचकर नदी के पत्थर को पकड़ाकर खुद पानी की धार के साथ बह गया।

इस घटना को सुनकर सुधिया चीखने चिल्लाने लगी, उसकी हालत पागलों जैसी हो गई, इस घटना को चार साल हो गये लेकिन सुधिया की हालत अभी भी ठीक नहीं थी वह रह–रहकर कहने लगती कि तुम मुझे ईमानदारी मेहनत व वफादारी का पाठ पढ़ाते पढ़ाते छोड़कर कहाँ चले गए ? ये तुम्हारा लड़का पूछता है कि मम्मी मेरे पापा कहाँ गये हैं तुम्हीं बताओ मै क्या बताऊँ ?

तबतक सेठानी आ गई और कहने लगी सुधिया! तुम चिंता मत करो ! अब यह सोचो कि हम लोग ही तुम्हारे सब हैं, तुम्हारे बच्चे को पढ़ाना, लिखाना और तुम्हारी जिन्दगी भर देखभाल करना हम लोगों की जिम्मेदारी है।

लेकिन वो तो कहते थे कि हमलोग मेहनत ईमानदारी से काम करके जमीन खरीदेंगे, मकान बनायेंगे और अपने बच्चों को पढ़ा लिखाकर बहुत बड़ा आदमी बनायेंगे, मुझे तो वे बीच मंझधार में छोड़कर चले गये, लेकिन मुझे लगता है कि वे मुझे घूम–घूमकर खोज रहे हैं, और कह रहे हैं सुधी! तुम घबराना नहीं, मैं तुम्हारे पास जल्दी ही आऊंगा, वे मुझे छोड़कर नहीं जा सकते।

तुम्हे कैसे छोड़ सकता है सुखन? सेठ की औरत ने कहा।

मालकिन ! ये आप क्या कह रही हैं ?

हाँ सुधिया! जो सच है वही मैं कह रही हूँ! जब हम दोनों नदी की तेज धार में बहने लगे तो सुखन ही हमें खींचकर नदी के नुकीले पत्थर के पास ले आया और चिल्लाते हुए कहा कि इसे जोर से पकड़े

रहिये और खुद पानी की तेज धार में बह गया। जब वह हम दोनो को अपनी जान पर खेल कर बचा सकता है तो मैं कैसे मानूँ कि वह तुम्हे छोड़कर जा सकता है ? सेठ जी भी यही कह रहे थे, लगता है कि सुखन हम लोगो का कहीं इंतजार कर रहा है।

इस पर सुधिया ने कहा मालकिन मैं चाहती हूँ कि उस पत्थर का एक बार दर्शन करूँ जिसे मेरे पति ने अंतिम बार छुआ था।

ठीक है ! मैं सेठ जी से कहती हूँ कि वे तुम्हे लेकर उस जगह को दिखा लाये।

सेठ जी को जब यह बात पता चला कि सुखिया नदी के उस नुकीले पत्थर को देखना चाहती है जिसे उसके पति ने आखिरी बार छुआ था। दुसरे ही दिन सेठ अपनी पत्नी और सुखिया को लेकर वहाँ पहुँच गये, सुधिया उस पत्थर को देखकर फफक–फफककर जोरों से रोने लगी, यह देखकर वहाँ लोगो की भीड़ इकठ्ठी हो गई, लोगो को जब चार साल पहले वाली घटना का पता चला तो कुछ सहानुभूति दिखाकर तो कुछ सुखन की दिलेरी की दाद देकर चलते बनते।

पास के गाँव का एक आदमी जो उस घटना का चशमदीद था कहने लगा–

यह जगह बहुत ही खतरनाक हो गई है यहाँ आये दिन कोई न कोई घटना दुर्घटना होती ही रहती है, कुछ भाग्यशाली तैरकर निकल भी जाते हैं। नदी के उसपार बढ़ना गाँव के बाहर एक पागल सा आदमी तीन चार साल से विक्षिप्त हालत में इधर–उधर घूमता रहता है, कभी कोई कुछ खाने को दे देता है, तो खा लेता है लेकिन साथ ही यह भी कहता है–

"मेरी घर वाली आएगी मेरे लिए खाना भी लाएगी, हम दोनों अपना घर बनायेंगे, उसी में जायेंगे, हा हा हा मेरा बच्चा.."

ऐसे ही वह बड़बड़ाता रहता है लोग उसे पगला–पगला कहते है तो कभी जोर–जोर से हंसता है तो कभी जोर–जोर से रोने लगता है, उसके साथ जरुर कोई...

अरे भाई सुनो ! क्या हमलोगों को उसके पास ले चलोगे? मुझे तो लगता है कि कहीं वह मेरा सुखन ही न हो ? सेठ ने कहा।

उस आदमी ने कहा कि चल सकते हैं लेकिन उस पार जाने के लिए बहुत घूमकर जाना पड़ेगा, मेरे पास अभी समय नहीं है मैं बच्चे की दवाई लेने जा रहा हूँ उसके बाद ही चल सकता हूँ।

सेठ ने कहा, चल भाई हम तुम्हे दवाई की दुकान पर ले चलते हैं।

दवाई दिलाने के बाद वे लोग उस जगह पहुंचे जहाँ वह पगला अक्सर रहता था लेकिन वह उस जगह पर नहीं मिला, किसी ने कहा कि वह अभी उधर जा रहा था, यह कहते हुए कि–

" मैं जानता था कि तू जरुर आएगी आ जा न ! मेरा बच्चा मेरा बच्चा हा हा हा.."

इतना सुनते ही सुधिया जोर–जोर से रोने लगी और कहने लगी कि मेरा सुख..न..,और वह वहीं बेहोश हो गई।

कार जाकर एक जगह रुकी जहाँ लोगो की भीड़ इकट्ठी थी, सेठ सेठानी जल्दी से उतरे तो देखते हैं कि एक पागल जिसके बाल बड़े–बड़े हो गये हैं, दाढ़ी बढ़ी हुई है, कपड़े फटे हैं और पता नहीं क्या–क्या बड़बड़ा रहा है, इधर सुधिया बेहोश हो गई थी। सेठानी ने उसके मुंह पर पानी के छीटें मारे और कहने लगी–

सुधिया ! तुम्हें क्या हो गया क्या..?

सुधिया सुधिया ! तुम आ गई ? मैं जानता था कि तू जरुर

आये–हा हा हा !

अब तक सुधिया होश में आ चुकी थी उस पागल को देखते ही उस तरफ दौड़ी और देखकर पीछे हट गई, नहीं मेरा सुखन ऐसे नहीं हो सकता वो तो...

सेठानी ने कहा–सुधिया जरा ध्यान से देखो और पहचानने की कोशिश करो !

नहीं मालकिन! उनके हाथ पर मेरा नाम लिखा हुआ था।

सेठ ने जाकर उस पगले का हाथ देखा तो देखते ही बोला– मेरा सुखन मिल गया !

सेठानी भी दौड़ी–दौड़ी आई और खुशी से उछल गई ! हम दोनो को जीवन दान देने वाला मिल गया, हे ईश्वर ! आपको बहुत बहुत धन्यवाद। सुधिया, सुधिया ! देख तेरा सुखन मिल गया।

खुशी से सभी की आँखें छलक आईं। अब सब लोग सुखन को कार में बैठाकर अपने घर की तरफ चले तो देखते हैं कि सुखन, सुधिया का हाथ पकड़कर बेहोशी हालत में पड़ा है और कुछ बोल नहीं रहा है।

सेठ सेठानी की उनका जान बचाने वाला मिल गया और सुधिया को उसका सुखन मिल गया। सेठानी ने कहा–

बहन ! आज से तु सुधिया नहीं बल्कि "शुद्धि" हो गई।

सेठ ने कहा कि सुखन भी आज से मेरा छोटा भाई "सुखी" हो गया।

सेठ अपनी सारी प्रॉपर्टी में से सुखी को आधा–आधा दे दिया और अपना सामने वाला मकान जो छोटे लड़के के लिए बनवाया था उसमे सुखी और शुद्धि को शिफ्ट करा दिया।

उत्सुकता

घूमना फिरना मनुष्य की स्वाभाविक प्रवृति है और इसी प्रवृति का एक भाग है उत्सुकता। मनुष्य में जिज्ञासा होती है सभी चीजो को जानने, समझने तथा देखने की, मनुष्य अपने इन्हीं गुणों के कारण अनेको आविष्कार करता है, नई–नई चीजो को खोज लेता है और अजीबो गरीब दृश्यों को देखता और उसे किसी न किसी रूप में सहेजने की कोशिश करता है। उत्सुकता के ही कारण ही बहुत से इतिहास बन जाते हैं और यही उत्सुकता हमेशा के लिए अनेको अवसरों पर यादगार बनकर मानस पटल पर छा जाती है।

इसी उत्सुकता के चलते तीन दोस्त एक दिन सवेरे–सवरे उठकर उस पहाड़ी की तरफ चलने का प्रोग्राम बनाने लगे जिसे वे प्रतिदिन देखते थे।

एक दोस्त ने कहा–सामने वाली पहाड़ी यहाँ से मुश्किल से 4–5 कि.मी. होगी, क्यों ?

नहीं यार ! पहाड़ देखने में पास दिखाई देता है, लेकिन कम से कम 10–12 कि.मी. होगा।

तीसरे ने कहा कि वह पहाड़ यहाँ से कम से कम 15 कि.मी.

दूर होगा।

ठीक है, अगले सन्डे हमलोग नाश्ता करने के बाद चलकर ही देखते हैं।

सवेरे सात बजे के चलते–चलते वे उस पहाड़ी के पास करीब 11 बजे पहुंचे, एक दोस्त ने कहा कि आ गये न पहाड़ी के पास ! अब वापस चलते हैं।

अरे नहीं यार ! आये हैं तो ऊपर चलकर देखते हैं कि ऊपर क्या है, और कैसा दिखाई देता है ?

दुसरे ने कहा कि वहाँ ऊपर जाने में बहुत समय लग जायेगा।

तीसरे ने कहा कि कोई बात नहीं, चलकर देखते हैं।

तीनों दोस्त पहाड़ी पर चढ़ाई करते–करते दो बजे ऊपर पहुँचे और लम्बी साँस लेकर वही पत्थर पर बैठ गये। एक ने कहा कि अब वापस चलते हैं।

दुसरे ने कहा कि यहाँ तक आने में हमे सात घंटे लगे हैं अब तो प्यास भूख सब लग गई है, नीचे उतरने में कम से कम 6 –7 घंटे लगेंगे।

तीसरे दोस्त ने कहा कि इससे बढ़िया है कि थोड़ा आगे चलते हैं, शायद कुछ खाने–पीने को मिल जाये। सबकी सहमति बनी और वे पहाड़ी के ऊपर आगे बढने लगे। चलते–चलते घंटो बीत गये उस पहाड़ी क़ा कोई अंत नहीं दिखाई दे रहा था, देखने में लगता था कि अब पहाड़ का आखिरी हिस्सा आने वाला है, लेकिन पहाड़ का आखिरी हिस्से का तो कोई ओर छोर नजर नहीं आ रहा था।

अब प्यास, भूख पर भारी पड़ने लगी थी तीनो दोस्तों का गला सुखा जा रहा था, पानी मिलने के आसार कहीं दूर–दूर तक नहीं

नजर आ रहा था उनकी हालत ऐसी हो गई की आगे जाये तो कुंआ पीछे जाएँ तो खाई। एक ने कहा कि पीछे जाना तो जान जोखिम में डालने जैसा है, क्यों न हिम्मत करके हम थोड़ा और आगे चले, शायद कोई गाँव या पानी का कोई श्रोता मिल जाये तीनो लड़को ने हिम्मत जुटाई और आगे बढ़ने लगे।

लड़खड़ाते कदमों के साथ वे तीनो आगे बढ़ते रहे, करीब एक घंटे के बाद पहाड़ी के नीचे उन्हें कुछ झोपड़ियाँ दिखाई दी, उनकी जान में जान आयी अब लगा कि शायद वहाँ जाने पर पीने के लिए पानी मिल जाये। इसी आस में वे आगे बढ़ते रहे, बढ़ते भी क्यों नही, परिश्रम के बाद ही तो, आशा का संचार होता है। उन्हें क्या पता था कि उनकी यह आस मृगतृष्णा साबित होगी, रेगिस्तानी मृगतृष्णा की तरह।

पहाड़ी से पानी की आस में वे नीचे तो उतर गये लेकिन झोपड़ियाँ जैसे दूर बहुत दूर होती जा रही थीं। भुख प्यास से व्याकुल तीनों को अब अपनी गलती का अहसास होने लगा था। "मरता क्या न करता" वाली बात को सोचकर वे गिरते–पड़ते झोपड़ियों के करीब पहुँच गये, इन्हें देखते ही झोपड़ियों से कोयले जैसे काले कलुटे बच्चे, बूढ़े जवान सब नंगे अर्ध नग्न हालत में इन तीनो की तरफ आने लगे। वे इन लड़को को देखकर डर रहे थे और लड़के उनको देखकर, अजीब सी असमंजस की स्थिति बन गई।

तीनों लड़को में से एक ने कहा, लगता है... मरना है तो क्यों न उनके और नजदीक चलें और देखें कि क्या होता है ? जब आदमी जीने की आस छोड़ दे, तब मरने से डर कैसा ?

वहाँ पहुँच कर इन तीनो की उत्सुकता अपने पराकाष्ठा पर पहुंच गई कि अब क्या ? लड़को ने उनसे बात करने की कोशिश की लेकिन वे न इनकी बात समझ रहे थे न लड़के उनकी, तभी प्यास से

तडपते उनमें से एक लड़के ने इशारे से पानी पीने की मांग की, उस लड़के का इशारा करना था कि दो अर्धनग्न बूढ़ी सी दिखने वाली औरत अपने झोपड़े की तरफ दौड़ी, लड़को का खून सूख गया कि अब तो नहीं बचेंगे! तब तक एक बूढ़ी सी औरत अर्धनग्न हालत में लोटे जैसे बर्तन में पानी लेकर आई, लड़के ने झट से उसे लिया और मुंह के पास लेकर गया ही था कि पानी और लोटे की दुर्गन्ध से उसका बुरा हाल हो गया। तीसरे लड़के ने वह लोटा जैसा बर्तन लिया और नाक बंद करके दो चार घूंट पानी पिया, यह देखकर दो दुसरे लड़के ने भी दो चार घूंट पानी पिया।

सूरज ढल चुका था। अँधेरा होने वाला था अब इन लड़को की समझ में नहीं आ रहा था, कि वे क्या करें? हर तरफ से खतरा ही खतरा दिखाई दे रहा था, क्योंकि ये लड़के न उनकी बात समझ रहे थे और न वे झोपड़ी वाले इनकी। वहाँ न कोई सड़क दिख रही थी न कोई आवागमन के साधन और न कोई दुकान या दुसरे आदमी।

लड़को ने अब अपनी बुद्धिमानी का परिचय दिया और तेजी से पीछे वाली पहाड़ी की तरफ मुड़े इस आस में कि शायद पीछे जाकर किसी तरह उनकी जान बच जाये और वे अपने स्थान पर पहुँच जायें। रात के अँधेरे में वे अपने लड़खड़ाते कदमो से आगे बढने की कोशिश कर रहे थे, रात के अँधेरे में उनके पाँव कहाँ किस दिशा में जा रहे हैं, उन्हें पता भी नहीं चल रहा था क्योंकि आजकल के ज़माने की तरह उस समय न तो मोबाइल की सुविधा थी और न यातायात व संचार के माध्यम ही थे।

घंटे दो घंटे पहाड़ी पर चलने के बाद तीनो भूख प्यास से व्याकुल हो गये, तब तक एक लड़के का पैर फिसल गया और उसका हाथ पहाड़ी के उपर बने एक गड्ढे में पड़ गया जिसमें बरसाती पानी भरा था। अंधे को क्या चाहिए दो आँखे, इन लड़को की तो बाछें खिल

गई। प्यास से तड़प रहे थे, इसलिए पहाड़ी गड्ढे का पानी जो पता नहीं कब से वहाँ इकट्ठा हुआ था, उसे ही पिया। जिस प्रकार भूख लगने पर स्वाद नहीं देखा जाता, उसी प्रकार प्यास लगने पर साफ या ख़राब पानी भी नहीं देखा जाता।

सवेरा होते–होते वे लड़खड़ाते हुए अपने गन्तव्य तक पहुँच तो गये लेकिन बेहोशी हालत में।

उत्सुकता ठीक है जबतक कोई हानि न पहुंचे लेकिन ऐसी उत्सुकता भी क्या जिसके चक्कर में लोग अपनी जान भी गंवा देते हैं। जैसे पर्वतारोही समुद्र की लहरों से खेलने वाले ऊँची जगहों से छलांग लगाने वाले या अनजान व खतरों से भरे रास्तो पर जाने वाले करते है। उत्सुकता तो ठीक है लेकिन अति उत्सुक होना ठीक नहीं।

•••

पैसों की भूख

मगनलाल का परिवार दिल्ली की किसी कालोनी में रहता था जहाँ उनके पिता का पुश्तैनी मकान था। वे अपने पिता के इकलौते पुत्र थे। उनके पिता चाहते थे कि उनका लड़का पढ़ लिखकर कोई अच्छी नौकरी करे इसके लिए उन्होंने अपने लड़के को पढाने में कोई कोर कसर नहीं छोड़ी, लेकिन मगनलाल पढ़ नहीं सके और न कोई अच्छी नौकरी ही कर सके इसलिए उन्हें किसी बनिए के यहाँ काम करने पर मजबूर होना पड़ा।

मगनलाल की शादी के 8–9 साल बाद एक लड़का हुआ जिसका नाम उन्होंने मंगला रखा जिसे वे खूब पढ़ा लिखकर किसी सरकारी नौकरी में भेजना चाहते थे। वे नहीं चाहते थे कि उनका लड़का भी उनके जैसा किसी प्राइवेट संस्था में काम करे, कहते हैं न कि–

"दूध का जला छांछ को भी फूंक फूंककर पीता है"

मगनलाल अपने लड़के को पढाने पर पूरा ध्यान देते यहाँ तक पांचवीं कक्षा के बाद से ही उसके लिए ट्यूशन भी लगा दिया और बारहवीं तक यह सिलसिला चलता रहा, लड़का भी पिता की इच्छाओं

का ध्यान रखते हुए खूब मेहनत करके बीकॉम अच्छे नम्बरों से पास कर लिया, और सरकारी विभाग में अकाउंटेंट के पद पर नियुक्त हो गया। मगनलाल अपने उद्देश्य में सफल रहे।

मंगला मेहनत से ऑफिस का काम करता, जिससे ऑफिस के लोग उसके ईमानदारी और कार्यकुशलता से बहुत खुश थे, मंगला के पिता मगनलाल अब बूढ़े हो चले थे। एक दिन उन्होंने मंगला को पास बुलाकर कहा–

बेटा ! मैं अब बूढा हो चला हूँ मैंने बनिए की नौकरी करके तुम लोगो को पाला पोसा लेकिन मैं अपनी पुश्तैनी जायदाद मे कुछ भी इजाफा नहीं कर सका, तुम्हारे भी एक लड़का दो लड़कियाँ हैं इसलिए मेहनत करके इन बच्चो का पालना पोसना और यदि हो सके तो पुश्तैनी मकान जो अब बहुत पुराना हो गया है, उसकी जगह पर दूसरा मकान बनाने की कोशिश करना।

ठीक है पिता जी ! आप चिंता न करें मैं मेहनत करके यह सब करूंगा। मंगला ने अपने पिता की कही बात को गांठ बांध ली और सोचने लगा कि मैं क्या करूँ कैसे करूँ ? इसी उधेड़बुन में था कि एक दिन उनके किसी मित्र ने कहा –

मंगला! शाम को घर जाने के बाद क्या करते हो ?

कुछ नहीं, क्यों यह पूछ रहे हो ?

अरे दोस्त ! मेरे एक जानकर हैं वे किसी अकाउंटेंट को अपने वहाँ पार्ट टाइम काम पर रखना चाहते है।

तो तुम क्यों नहीं कर लेते ?

मैं तो दो तीन जगह पहले से ही कर रहा हूँ।

लेकिन तुमने मुझे कभी बताया नहीं ? मंगला ने कहा।

अरे दोस्त ! इसलिए नहीं बताया कि तुम कहीं बुरा न मान जाओ !

मंगला की बाछें खिल गई, भूखे व्यक्ति को समय से रुखी–सुखी कुछ भी मिल जाये तो वह मालपुए से कम नहीं होता।

कहाँ है, कब जाना है, क्या शाम को 6–7 बजे के बाद वे काम करायेंगे इत्यादि बाते मंगला ने एक ही साँस में पूछ लिया।

हाँ उसी समय तो चाहिए उन्हें ! मंगल के दोस्त ने कहा।

अब मंगला ऑफिस से छूटने के बाद रोज किसी व्यापारी के यहाँ जाने लगा, अभी वह एक महीना ही काम किया था कि उसके काम की चर्चा आसपास के व्यापारियों तक पहुँच गई। नित्य नये–नये लोग मंगल को अपने यहाँ पार्ट टाइम काम करने के लिए बुलाने लगे, वह दो जगह शाम को तो दो जगह सवेरे पार्ट टाइम काम करने लगा। मंगला को पार्ट टाइम काम करके अच्छा पैसा मिलने लगा, वह खुश था मेहनत करके कि अब अपनी पुश्तैनी मकान को फिर से बनवा सकेगा जैसा उसके पिता ने उससे कहा था।

मंगला सवेरे–शाम दो–दो जगह काम करने लगा, उसके ऑफिस का समय सवेरे 10 बजे से शाम 5 बजे तक होता था इसलिए वह सवेरे घर से 5 बजे ही निकल जाता और रात में 10 बजे तक घर आता। कमाई का सारा पैसा मंगला नियम से अपनी पत्नी को देने लगा। कुछ दिनों तक तो उसकी मिसेज ने सवेरे का नाश्ता दिया लेकिन बाद मे यह कहकर नाश्ता देना बंद कर दिया कि यह उसके बस की बात नहीं है सवेरे–सवेरे उठकर नाश्ता बनाये। मंगल का जीवन चक्र एक निर्धारित कार्यक्रम के अनुसार चलने लगा। उसका नित्य का नियम हो गया सवेरे 4 बजे उठना नहा धोकर बिना नाश्ता किये घर से निकल जाना और दस बजे से पहले दो जगह पार्ट टाइम

एकाउंटिंग का काम करना फिर शाम को ड्यूटी से छुटते ही दूसरी जगह जाकर काम करना, वह रात में घर जाकर अपने आप खाना निकालकर खाता और सो जाता फिर सवेरे उठकर अपने निर्धारित काम पर लग जाता।

मेहनत और ईमानदारी से काम करने के कारण आसपास के व्यापारियों के यहाँ भी मंगला की मांग बढ़ने लगी। जिसे मंगल ने अवसर समझकर लपक लिया और अब रविवार को भी सवेरे 10 बजे से रात के दस बजे तक एकाउंटिंग का काम करने लगा। मंगला अब केवल रात का रखा खाना खाने और सोने के लिए ही घर आता, बच्चे कहाँ और किस हालत में हैं, उसे कुछ भी पता नही होता। मंगला की दोनों लड़कियां लड़के से बड़ी थीं, जो शादी के योग्य हो चुकी थीं लेकिन उनकी शादी कब और कहाँ होगी इसे भी सोचने की उसे फुर्सत नहीं थी।

स्त्री जाति तो वैसे ही चतुर और होशियार होती हैं और पति जब उसके हाथ में पूरी कमाई ही थमा दे तो फिर क्या पूछने ? मंगला भी यही करते, सरकारी नौकरी और प्राइवेट में काम करने से जो भी पैसे मिलते उसे लाकर अपनी पत्नी के हाथो में पकड़ा देते। पत्नी ने उन पैसो से पुराना मकान तुड़वाकर नया अच्छा मकान बनवा लिया। दोनों बच्चियों की शादी भी अपनी देखरेख में कर दी। मंगला केवल शादी के दिन घर में पूरे दिन रहे लेकिन उन्हें कुछ भी पता नहीं कि ये सारा बंदोबस्त कैसे और कौन कर रहा है।

कहते हैं न कि–

> "समय न कभी किसी के लिए रुका है न कभी किसी के लिए रुकेगा"

अर्थात समय अपने गति पर निरंतर चलता रहता है और वह समय भी आया जब मंगला अपने नौकरी से रिटायर हो गये। दो

बच्चियों की शादी हो गई थी वे अपने–अपने घर चली गई थीं। एक लड़का था जो एमएससी बॉटनी से करके किसी कालेज में पढाता था वह भी सवेरे अपने नित्य कर्म से निवृत होकर नाश्ता पानी करके कालेज चला जाता, घर पर केवल मंगला और उनकी पत्नी। उनकी पत्नी को समय नहीं मिलता कि वे अपने पति के पास बैठकर कुछ बातचीत करे, आये दिन किसी न किसी बात पर वह मंगला पर राशन पानी लेकर चढ़ जाती, चढ़ती भी क्यों न मंगला जो उसको खुली छूट दे रखी थी। और उसपर भी उनका सारा पैसा उसके हाथो में यहाँ तक की पेंशन का पैसा भी मंगला को नहीं मिलता, बैंक का एटीएम कार्ड उनकी पत्नी के हाथ में होता जो पेंशन आते ही निकाल लेती।

मंगला को अपने किसी नाते रिश्तेदारों के बारे में कुछ भी नहीं पता होता कि कौन आता है, और कौन जाता है, असहाय निर्जीव और बौराए हुए, वे इधर–उधर घूमते। एक दिन घूमते हुए वे अपने पड़ोसी गोविन्द की दुकान पर पहुँच गये, गोविन्द उन्हें देखकर बहुत खुश हुआ और पूछा–

अंकल ! आज आप इधर कैसे भटक गये ?

बेटा ! अब मैं रिटायर हो गया हूँ घर पर अकेले रहता हूँ आँखें भी नहीं काम करती कि कहीं कुछ काम कर सकूं इसलिए इधर–उधर घूमता रहता हूँ। कोई बात नहीं अंकल ! आप यहीं हमारे पास आ जाया करिये।

ठीक है बेटा !

एक दिन मंगला गोविन्द के पास बैठे कुछ बातें कर रहे थे कि इतने में एक बूढ़ी लेकिन देखने मे तेज तर्रार औरत रिक्शे से उस दुकान के सामने उतरी और उतरते ही शुरू हो गई–

अरे कलमुंहे ! हर्राम.... तुम यहाँ क्या कर रहा है ? घर चल तूने

मेरी अलमारी क्यों खोली थी अब तुम हमारी तलाशी भी लेने–

नहीं, नहीं मैं अपना पुराना चश्मा ढूंढ रहा था।

तू अब चश्मे का क्या करेगा, क्या तु अब काम पर जायेगा ?

काम पर तो नहीं जाऊंगा लेकिन गोविन्द के यहाँ अख़बार आता है, वही थोड़ा बहुत पढ़ता हूँ, मैने तो तुमसे कई बार कहा कि मेरी आँखे चेक कराकर चश्मा बनवा दो तो तुम –

ओहो ! अब चश्मा पहनने का शौक हो गया है ? घर चलो तो तुम्हें बताती हूँ, आज से तुम घर से बाहर नहीं निकलने पाओग।

अब मंगला की समझ में आ गया था कि उसने कितनी बड़ी गलती कर दी थी ! दुनिया में पैसा बहुत कुछ है, लेकिन पैसा ही सब कुछ नहीं है। वह भी जब वह अपने हाथो में न हो। कहा भी गया है कि–

पुस्तकस्था तु या विद्या, परहस्तगतं धनं।
कार्यकाले समुत्पन्ने न सा विद्या न तद धनं।।

पुस्तकीय ज्ञान और दुसरे को दिया गया धन जब समय पर काम न आए तो वह ज्ञान और धन किस काम का ?

"पैसो की भूख" ने मंगला का जीवन बर्बाद कर दिया। पैसो के आगे उन्होंने न तो अपना जीवन जिया और न अपने बाल बच्चो के हो सके। हाँ ! अपनी चतुर चालक पत्नी को सारे पैसे देकर उसे इतना चतुर व चालाक बना दिया कि मंगला की कमाई का ही एक पैसा उसे नहीं मिलता।

कभी–कभी मंगल यही भुनभुनाते हुए सुने जाते –

"अपने ही दिल के हाथों बर्बाद हो गये हम"
जीते जी मर गये, पंगु हो गये हम"

घर की चार दीवारी में बंद मंगला को लोग खिडकियों से झांकते और अपने आसुओं को अपने कमीज से पोंछते हुए देखते और किसी किसी के मुंह से निकल ही जाता कि–

''अब पछताए होत क्या जब चिड़िया चुग गई खेत।''

•••

बूढ़े बाप की सीख

सुनती हो !

क्या है ?

लड़का क्यों रो रहा है ?

अरे बच्चा है इसके रोने का कोई खास कारण थोड़े होता है इसे तो जब भी रोने का मन करे रोने लगता है। अभी इसे नहला धुलाकर कपड़े पहनायें हैं। अब जब इसके आँखों में काजल लगाने लगी तो रोने लगा इसे बहाने की क्या जरूरत है ?

ऐसा है, मैं बाजार जा रहा हूँ साग सब्जी लाने, बाजार से कुछ और लाना है क्या ?

हाँ ! अगले महीने दशहरा है लड़की और लड़के के लिए कोई ढंग का अच्छा सा कपड़ा लेते आइयेगा, क्योंकि त्योहारों पर इन्हें नये कपड़े तो चाहिए ही।

वह तो ठीक है ! मैं ले लूँगा, बच्चों का तुम कितना ध्यान रखती हो कि बच्चों को कब क्या चाहिए लेकिन अपने और हमारे लिए तुमको कुछ याद नही रहता।

ठीक कह रहे हैं ! बच्चे छोटे हैं इसलिए अभी अपने लिए कुछ नहीं कह सकते, जब बड़े हो जायेंगे तब तो अपने आप ही सब कुछ कहने और मांगने लगेंगे, तबतक तो हमीं लोगो को इनका ध्यान रखना पड़ेगा। जब हम बचपन में इनका ध्यान रखेंगे तो ये ही बुढ़ापे में हमारा ख्याल रखेंगे, हमलोग कौन से बच्चे हैं कि हर त्यौहार पर कुछ न कुछ चाहिए। हम लोग अपने दोनों बच्चे ठीक से पाल पोस कर बड़ा कर दें और इनका शादी ब्याह हो जाये, लड़का नौकरी चाकरी करने लगे तो वही हमारे लिए सबकुछ है।

हाँ ! अभी तो हमलोगों की यही जिम्मेदारी है।

दोनों पति–पत्नी अपने दोनों बच्चो पर बहुत ध्यान देते।

पति अपने सरकारी नौकरी के साथ ही साथ घर–बाहर का सारा काम संभालता और पत्नी इधर घर के अंदर खाने पीने से लेकर बच्चों के कपड़े धोना, घर का झाड़ू पोंछा बर्तन करने से लेकर घर का सारा काम करने में व्यस्त रहती। दोनों पति पत्नी बड़ी तन्मयता से अपना–अपना काम करते और खुश रहते कि बच्चा जब पढ़ लिखकर बड़ा हो जायेगा इसका शादी ब्याह हो जायेगा। एक लड़की है उसकी शादी कर देंगे तो हम लोगो की जिम्मेदारी समाप्त हो जाएगी फिर अपने मर्जी से घूमे फिरेंगे तब न कोई बंधन होगा और न बच्चों के पढ़ाने लिखाने की चिंता और न कोई उनकी फरमाईश।

लड़की बड़ी थी, उन्होने उसकी शादी कर दी उसके बाद लडके की भी शादी हो गई। अब पति–पत्नी स्वछन्द हो गये। घर में हंसी खुशी का माहौल रहता, पति पत्नी अब सास ससुर बन गये थे। जिसका इन्हें भरपूर फायदा मिलता, अब न खाना बनाने की चिंता और न घर के काम काज की चिंता। बहु ने सब काम संभाल लिया था संभालतीं भी क्यों नहीं दोनों पति–पत्नी ने उनकी देखभाल करके शादी कर दी थी।

पति के रिटायर होने का समय आया और वे रिटायर होकर घर में रहने लगे। घर बेटा, बहु, एक पोता और एक पोती से चहकने महकने लगा। इस तरह सात आठ साल बीत गये, इधर पति पत्नी दोनों बूढ़े हो चले थे, दोनों नित्य सवेरे शाम घुमने जाते और घर के छोटे–मोटे कामो में हाथ बंटाते साथ ही अपना जरूरी काम भी कर लेते।

एक दिन बहु ने कहा–पिता जी बाजार से सब्जी वगैरह ला दिया कीजिये। सब इन्ही के जिम्मे है, क्या यही ऑफिस से आयेंगे तो सब्जी लेने जायेंगे और घर का दूसरा काम करेंगे ? कुछ तो अपनी भी जिम्मेदारी समझिये !

ठीक है बेटा ! मैं जाता हूँ लेकिन यह तो बताओ कि कौन–कौन सी सब्जी लानी है ?

आपको नहीं पता कि कौन सी सब्जी मिलती है ?

ठीक है जाता हूँ।

शाम को पति के ऑफिस से आने के बाद पत्नी ने कहा – अपने बूढ़े माँ बाप से कह दो कि घर का थोड़ा बहुत काम भी कर दिया करें दिन भर खाते पीते है, और निठल्लो की तरह बैठे रहते हैं।

अरे भाई ! उन्होंने अपने जिन्दगी में बहुत काम कर लिया है अब हमें करना है उन्हें तंग मत करो।

अच्छा, अच्छा ! चलो उन्हें पालो पोसो।

बिलकुल! उन्होंने मुझे पाला पोसा है अब हमारी बारी है।

तुम उन्हें इतना सुकोमल मत बनाओ कि चल फिर भी न सके।

बात आई गई हो गई, ऐसा नहीं, शुरुआत तो अब हुई थी। आये दिन बहु बूढ़े माँ–बाप को कुछ न कुछ कहती, यहाँ तक की पति के आते ही उसके कान भरने लगती कहती –

तुम्हारे माँ बाप ने तो नाक में दम कर दिया है, दिनभर खाते और सोते हैं। किसी काम धाम से कुछ मतलब नहीं, सवेरे–शाम घर छोड़कर घुमने निकल जाते है जैसे किसी धर्मशाला में रुके हों और हाँ ! नाश्ते व खाने के समय कहीं भी हों, आ टपकते है मुझसे तो अब इनका यह नखरा देखा नहीं जाता। तुम क्या चाहते हो, मैं इनकी नौकरानी बनकर रहूँ ?

अरे नहीं ! इनकी नौकरानी बनकर नहीं बल्कि इनकी बहु बनकर रहो।

मुझसे इन दोनों के नखरे नहीं सहे जाते, बहु ने कहा।

कहते हैं कि –

जब एक ही बात किसी को बार–बार कही समझाई जाये तो एक न एक दिन वह उसके समझ में आ ही जाती है जैसे–

"करत करत अभ्यास के जड़मति होत सुजान,

रसरी आवत जात से सिल पर पड़त निशान"।

बार–बार पत्थर पर रस्सी घिसने से उसपर भी निशान बन जाता हैं तो आदमी की क्या औकात?

अब लड़का भी अपनी पत्नी के झांसे में आ चुका था। जब देखो तब अपने माँ बाप को कुछ न कुछ कहता रहता, उन्हे जलील करने का कोई मौका नहीं छोड़ता और यह केवल अपनी पत्नी को खुश करने के लिए।

एक दिन उसके माता–पिता बैठे आपस में बात कर रहे थे कि बुढ़ापा बड़ी बुरी चीज है हमलोगों का तो जैसे तैसे कट जायेगा लेकिन मैं चिंतित हूँ कि मेरे लाल का क्या होगा यह तो बहुत सीधा सादा है। केवल अपनी पत्नी के कहने पर आकर हमलोगों को कुछ

न कुछ बोलता रहता है आखिर उसे रहना तो अपने पत्नी के ही साथ ही है। इतने में उनका लड़का अपने ऑफिस से आ गया और उन्हें देखते ही उन्हें झिड़कने लगा–

"क्या आप लोगो को कोई दूसरा काम नहीं है जब देखो तब निठ्ठल्ले की तरह बैठे रहते हैं और मम्मी तुम क्या करती हो ? जाकर अपनी बहु के काम में हाथ नहीं बटा सकती ? इसी बीच लड़के की पत्नी आ गई और कहने लगी– यह क्या देख रहे हो ? अरे ये दोनों रात भर खुसुर–फुसुर करते रहते हैं इन्हें नींद तो आती नहीं और सोचते हैं कि दुसरो को भी नीद नहीं आती सोना हराम कर रखा है।"

लड़के पर भी बहु का रंग चढ़ गया था, वह पहले वाला उनका लड़का नहीं रहा। पूरे बदले–बदले रूप में नजर आने लगा। उसने अपने पत्नी से कहा – अब छोड़ दो इन्हें इनके हाल पर ये लोग मानने वाले नहीं हैं।

बूढ़े बाबा अब सारी बात समझ गये थे इसलिए वे अपनी आँख, नाक, कान सब बंद करके उस घर में रहने लग। एक सन्डे शाम के समय बेटा अपनी पत्नी माँ और पिता के साथ बैठकर चाय भी रहा था, यह रूटीन नहीं बल्कि संयोग ही था कि सब एक साथ चाय पी रहे थे। ऐसा अवसर बहुत दिनों बाद बूढ़े पिता को मिला था उसने अपने बेटे को पास बुलाया और कहा बेटा! इधर कई दिनों से मैं तुमसे कुछ बात कहना चाहता था, आज मौका मिला इसलिए मेरी बात ध्यान से सुनो ! यह सुनते ही बहु वहाँ से उठकर चली गई।

"आज से जब भी मुझसे या अपनी मम्मी से कुछ कहना हो डांट डपट करना हो, झुँझलाना हो या हमलोगों पर गुस्सा करना हो तो कभी भी अपने बच्चो के सामने नहीं करना क्योंकि उनपर इसका बुरा असर पड़ेगा, हमलोगों की बहुत जिन्दगी तो बीत गई, कुछ बीत रही है, और जो कुछ बची खुची है वह किसी तरह बीत ही जाएगी,

हमलोगों को अपनी चिंता नहीं है, चिंता हमें तुम्हारी है कि जब तुम लोग हम लोगों की उम्र के हो जाओगे, चलने फिरने की हिम्मत नहीं होगी और जब तुम्हारा बच्चा तुम्हारे अनुरूप काम नहीं करेगा तब यदि तुम्हारा बच्चा ही तुमलोगों को इसी तरह तुम्हे जलील करेगा कुछ कहेगा या डांट डपट करेगा बोलेगा, जैसा तुमलोग हम दोनों के साथ कर रहे हो तो तुम दोनों को कैसा लगेगा ?

उस समय तक शायद हम लोग जीवित भी न रहें लेकिन हमलोगों की आत्मा के पास इसकी भनक आवाज जरुर पहुँच जाएगी जिससे हमें महान कष्ट होगा।

पिता की यह बात सुनकर लड़का सुबकने लगा इसी बीच उसकी पत्नी भी आ गई उसने पूछा – अरे ! इन लोगो ने अब क्या नया गुल खिलाया, क्या हो गया कि ऐसे बच्चो जैसे सुबक रहे हो ?

लड़के ने जो मोबाइल में रिकॉर्डिंग किया था उसे आन कर दिया और कहा –

"मेरी बात ध्यान से सुनो ! आज से जब भी मुझसे या अपनी मम्मी से कुछ .... लेकिन हमलोगों कि आत्मा के पास इसकी भनक आवाज .... जिससे हमे महान कष्ट होगा"।

पति पत्नी दोनों को अपनी करतूतों पर बहुत पछतावा होने लगा और वे दोनों बहुत देर तक सिसकते रहे, अपने किये पर नहीं बल्कि ये सोचकर कि उनका बच्चा उनके साथ ऐसा ही बर्ताव करेगा तब वे क्या करेंगे ?

बूढ़े पिता की सीख काम कर गई और उस दिन से उसके बहु बेटे के स्वभाव में बहुत परिवर्तन हो गया, इस प्रकार एक बूढ़े पिता की सीख और अनुभव ने एक हँसते खेलते परिवार को टूटने बिखरने और बर्बाद होने से बचा लिया।

अहसास

एक जटाधारी साधू किसी गाँव से होकर कहीं जा रहे थे। तभी एक लड़का टीका चंदन लगाये उनके सामने आया और हाथ जोडकर खड़ा हो गया। आइये महाराज ! किधर की यात्रा पर निकले हैं थोड़ी देर विश्राम कर लीजिये, चाय पानी पीजिये तब आगे जाइएगा।

अच्छा बच्चा ! तुम कहते हो तो मैं रुक जाता हूँ ! महात्मा ने कहा।

महात्मा जी, शायद आप पिछले साल भी आये थे मैंने दो तीन बार आपको आवाज लगाई थी लेकिन आप नहीं रुके।

हाँ बच्चा ! मैं आया था और तुमने आवाज भी लगाई थी मैंने सुना भी था लेकिन मेरे गुरु जी का कहना है कि सीधे अपने पथ पर चलते जाओ यदि कोई सामने आकर कुछ कहता है या रुकने के लिए आग्रह करता है तो थोड़ी देर रुक जाओ और यदि कोई पीछे से आवाज लगता है, बुलाता है तो रुकने की जरूरत नहीं, तुमने मेरे पीछे से आवाज लगाई थी, इसीलिए नहीं रुका।

हाँ महाराज ! आप आगे बढ़ गये थे तब मैंने आवाज लगाई थी, क्षमा कीजियेगा गलती हो गई।

क्षमा तो प्रभु ने तुम्हे तभी कर दिया था, जब तुम्हें अपनी गलती का अहसास हो गया था।

अच्छा महात्मा जी ! आप स्नान वगैरह करेंगे कि कुछ जलपान करेंगे ?

बच्चा ! स्नान तो मेरा बहुत सवेरे ही हो जाता है।

अच्छा बाबा ! मैं कुछ जलपान लाता हूँ।

नहीं बच्चे ! तुम कष्ट मत करो, एक गिलास पानी और थोड़ा गुड़ दे दो।

यह लीजिये बाबा ! अच्छा यह बताइए कि पिछले साल कहाँ से आये थे, कहाँ तक गये थे और किस उद्देश्य से घूम रहे हैं ?

बच्चा ! तुम्हारी जिज्ञासा मैं समझ रहा हूँ इसलिए तुम्हें सब बता रहा हूँ....

एक बार मैंने अपने गुरु जी से पूछा कि दुनियादारी क्या होती है, इसका अहसास कैसे होता है? तो उन्होंने कहा इसका उत्तर तुम्हें स्वयं से पूछना पड़ेगा। जिसके लिए तुम्हें इन गुफाओं से दूर जाकर गांवो में कुछ वर्षों तक घूमना चाहिए और तभी से पिछले आठ सालो से मैं लगातार गाँव–गाँव घूम रहा हूँ।

बाबा ! आप क्या खाते हैं तथा रात में कहाँ सोते हैं ?

बच्चा ! आज तक किसी ने यह सब नहीं पूछा था। क्योंकि किसी के पास आज के ज़माने में इतना समय नहीं है जो हम जैसे लोगो के पास बैठकर बात करे और अपना समय गवाएँ। बच्चा ! लगता है कि तुम्हारा ध्यान अध्यात्म की ओर है ? क्या करते हो ?

हाँ बाबा ! मैं संस्कृत पढ़ रहा हूँ।

अभी क्या पढ़ रहे हो ?

लघु सिद्धांत कोमुदी।

इसे किसने लिखा है और इसमें कितने सूत्र हैं ?

इसमें 1272 सूत्र है इसके रचयिता भट्टो दीक्षित के शिष्य वरदराज हैं।

बहुत अच्छा ! ठीक से पढ़ो। तुम्हारी उत्सुकता देख सुनकर मन खुश हुआ। तुम्हारा नाम क्या है बेटा ?

बाबा ! मेरे पिता जी ने मेरा नाम राघव रखा है लेकिन मुझे रघु कहकर बुलाते थे।

बुलाते थे ? मतलब अब वो नहीं हैं ?

महात्मा जी ! यह तो मैं नही कह सकता ? मुझे तो अपने पिता जी का हर समय अहसास होता है, लगता है कि वे यहीं कहीं मेरे आसपास हैं।

तो वे अब कहाँ है ?

यह तो नहीं पता महात्मा जी ! एक दिन वे हमलोगों को बिना बताये, पता नहीं कहाँ चले गये हमलोगों ने उन्हें बहुत ढूंढा लेकिन वे नहीं मिले। उनका ध्यान हमेशा भगवान की तरफ ही रहता था वे चाहते थे कि मैं भी पढ़ लिखकर अपने हिन्दू धर्म और संस्कृति को अच्छी तरह समझूँ और लोगो को इसकी तरफ आकर्षित करूँ।

तुम्हारे पिता जी को घर छोड़े कितने साल हो गये ?

यही कोई 10–12 साल हुए होंगे उस समय मैं केवल 8–9 साल का था लेकिन बाबा ! आपने यह नहीं बताया कि आप क्या खाते है और रात में कहाँ सोते हैं ?

बच्चा ! हमारे गुरु जी बहुत पहुंचे हुए महात्मा हैं उन्हें ईश्वरीय शक्ति प्राप्त है उनकी देख रेख में मुझे भी कुछ उनसे प्राप्त हुआ है

जिसके बल पर हम अनेको दिन बिना खाए–पिए रह सकते हैं फिर भी दिन में यदि कोई पानी पिला दिया तो पी लिया अन्यथा यूँ ही रह जाता हूँ, पूरे दिन में एक बार खाता हूँ, वह भी यदि किसी ने एक दो रोटी दे दी तो, नहीं तो बिना खाए रह जाता हूँ और रात में कहीं किसी पेड़ के नीचे सो जाता हूँ।

लड़के ने महात्मा जी से पूछा कि मोक्ष की प्राप्ति कैसे हो सकती है ?

महात्मा जी ने कहा– यह जरूरी नहीं की मोक्ष की प्राप्ति वानप्रस्थ आश्रम में रहकर ही प्राप्त की जा सकती है, बल्कि इसे तो गृहस्थ आश्रम में भी रहकर भी प्राप्त किया जा सकता है, इसी को समझने के लिए उन्होने मुझे 10 साल गांवो में भ्रमण करने के लिए कहा है।

उन्होंने मुझसे कहा है कि तुम इन हिमालय की गुफाओं से निकलकर प्रतिदिन पांच गांवों में घुमो और हर दुसरे साल फिर उन्हीं गांवो में जाओ ऐसा तुम्हे 10 साल तक लगातार करना है, दसवें साल आकर बताना कि इतना घुमने के बाद कहाँ, कितने धर्म और संस्कार का पालन करने वाले मिले और जो भी कहीं मिले वे किस अवस्था में किस तरह अपने धर्म और संस्कार का पालन करता हुए तुम्हें दिखाई दिए, तब तुम समझ जाना कि अब तुम मोक्ष पाने की तरफ अग्रसर हो रहे हो।

महात्मा जी! क्या आपको इतने दिनों में कोई ऐसा मिला ?

हाँ बच्चा मिला !

कौन और कहाँ ?

यह तो मैं अपने गुरु जी को ही बताऊंगा।

ठीक है महात्मा जी ! यह तो बताइए कि क्या आपके गुरु जी

के बाल बच्चे हैं कि नहीं और वे कब से वहां तपस्या कर रहे हैं ?

बच्चा ! यह तो मैंने उनसे नहीं पूछा। बच्चा ! यह तुम्हारे हाथ पर क्या बना है ?

यह हमारे कुल देवता का चिन्ह है, जन्म के आठवें साल जनेऊ संस्कार से पहले हमारे खानदान में सभी को यह अपने हाथ पर बनवाना पड़ता है।

ओहो ! अब मैं समझा ?

क्या समझे बाबा ?

यही कि तुम इतने संस्कारिक क्यों हो ?

क्या मतलब बाबा ?

हमारे गुरु जी के हाथ पर भी ऐसा ही चिन्ह है।

इसका मतलब हमारे पिता जी....

हाँ, बच्चा हाँ। अब जाकर मैं उनसे कहूँगा कि इतना घुमने के बाद एक लड़का देखा जो धर्म और संस्कार से जुड़ा मिला बाकि तो सब लोग अपने अपने कामों में अस्त व्यस्त हैं किसी को न अपने धर्म की चिंता है न संस्कार की न मोक्ष की।

यह सुनकर रघु आनंद की अनुभूति करते हुए ख्यालों में डूब गया, इसी बीच महात्मा जी वहाँ से कब और कहाँ चले गये रघु को पता भी नहीं चला, वह बेचैन हो गया वह सोचने लगा कि ऐसे कैसे हो गया ? महात्मा जी बिना कुछ कहे, सुने कैसे चले गये, कहीं वे मेरे पिताजी तो नहीं थे ?

वह भागा–भागा अपने घर के अंदर गया और अपनी माँ से यह सारी बात बतायी। उसने यह भी बताया कि महात्मा जी ने मेरे हाथ

पर बने कुल देवता के चिन्ह को देखकर यह भी कहा कि बेटा ! तुम इतने संस्कारिक क्यों हो अब मैं समझा, उन्होंने बताया कि मेरे गुरु जी हाथ पर भी ऐसा ही चिन्ह है रघु और उसकी माँ दोनों बेचैन हो गये उस महात्मा जी से मिलने और बहुत सी बातें पूछने जानने के लिए लेकिन महात्मा जी तो चले गये।

रघु यही सब सोचते सोचते रात में सो गया, रात को स्वप्न में रघु के पिता आये और कहने लगे..

"बेटा ! तुम अपने धर्म और संस्कार पर चलते रहना और लोगो को भी इस पर चलने को प्रेरित करते रहना"।

हाँ पिता जी ! हाँ, हाँ आप कहाँ हैं? पिता जी ! पिता जी ! अरे लगता है, मैं स्वप्न देख रहा हूँ।

लड़का सोचने लगा कि लगता है पिताजी शरीर से हम से दूर हैं, लेकिन उनकी आत्मा हमारे इर्दगिर्द घुमती रहती है तभी तो हर समय सोते–जागते, उठते–बैठते हमेशा यह अहसास होता है कि पिता जी यहीं कहीं मेरे आस पास हैं।

•••

वीरान गाँव

अरण्य अपने माता–पिता का एकलौता बेटा था। उसके पिता चाहते थे कि वह खूब पढ़ लिखकर बड़ा आदमी बने और कोई बढ़िया नौकरी करे। उसकी मेहनत रंग लाई और वह इंजीनियरिंग की पढाई करके किसी विदेशी कम्पनी में लग गया।

माँ बाप बहुत खुश हुए कि उनका लड़का पढ़ लिखकर किसी बड़ी विदेशी कम्पनी में बड़ी पोस्ट पर लग गया है। अब लड़के की शादी के लिए अच्छे अच्छे घरों से रिश्ते भी आने लगे। इसलिए अरण्य के माता–पिता उसकी शादी की तैयारी करने लगे। पिता ने अरन्य से पूछा– शादी के बारे में तुम्हारी क्या राय है, उसने कहा कि आप लोग जैसा चाहे करें। लेकिन यदि लड़की मेरी लाइन की मिल जाए तो अच्छा रहेगा। आखिरकार, एक कंप्यूटर इंजिनियर लड़की से उसकी शादी बड़ी धूमधाम से हो गई।

एक दो महीने अरण्य की पत्नी गाँव में रही, फिर उसकी भी नौकरी अरण्य की कम्पनी में ही लग गई तो वह बंगलुरु उसी के पास चली गई। इधर अरण्य के माता–पिता भी बेटे–बहु की एक ही जगह नौकरी लगने से खुश थे। दो साल बीत गये, अरण्य घर नहीं आया

केवल फोन से बातचीत हो जाती, पिता कहते – बहुत दिन हो गये गाँव भी आकर देख सुन जाओ। पर अरण्य कहता – पिता जी ! हम दोनों कम्पनी के किसी खास काम में लगे हैं, इसलिए अभी नहीं आ पाएंगे। फुर्सत मिलते ही हम दोनों आप लोगो के पास आयेंगे क्योंकि आप लोगो को देखे काफी समय बीत गया। अरण्य ने कहा– पिता जी! ऐसा किजिये कि आप और माँ ही कुछ दिन के लिए हमलोगों के पास आ जाइये।

ठीक है बेटा ! हमलोगों का रिजर्वेशन करा दो हम दोनो वहाँ कुछ दिन के लिए आ जाते हैं।

अरण्य के माता पिता बेटे के पास जाकर कुछ दिन रहे, कम्पनी की तरफ से उन्हें एक कार और एक सहायक भी मिला था जो इनके घर गृहस्थी के काम में बहुत सहायता करता था। बहू बेटे के क्रिया कलापों से माँ बाप बहुत खुश हुए, बेटा बहू दोनों साथ– साथ ऑफिस जाते आते। कुछ दिन बेटे के पास रहने के बाद अरण्य के माता पिता घर वापस आ गये।

अक्सर अरण्य और उसकी पत्नी घर पर माता–पिता के पास फोन करके हाल चाल पूछ लेते थे। एक दिन अरण्य का फोन आया और वह कहने लगा कि पिता जी हम एक दो महीने में आप लोगो को एक खुशखबरी देंगे।

कैसी खुश खबरी बेटा ?

आप चुप रहिये ! आपको यह भी नहीं पता कि बेटा–बहु की खुश खबरी क्या हो सकती है ? अरण्य की माँ ने कहा।

अच्छा भाग्यवान ! कहकर अरण्य के पिता मन ही मन बहुत प्रसन्न हुए और फोन अरण्य की माँ को पकड़ा दिया। दो महीने बीत जाने के बाद अरण्य की माँ ने कहा – बच्चों का हाल चाल पूछ

लीजिये, आज ठीक दो महीने हो गये।

हाँ ! वह तो मैं पूछता हूँ, लेकिन तुम्हे कैसे पता कि आज ठीक दो महीने हो गये ?

यह भी कोई पूछने वाली बात है ? मैने तो उसी दिन कैलेंडर में आज की तारीख पर चिन्ह लगा दिया था।

वाह ! ये लो फोन ही आ गया, झपटकर अरण्य की माँ ने फोन अपने हाथ में ले लिया और कहा– हाँ बेटा, बोलो।

माँ, आपको पोता हुआ है ?

कब हुआ, बेटा ?

माँ आज तीन दिन हो गये।

तो आज फोन कर रहे हो ?

हाँ माँ ! एक ही साथ दो–दो खुशखबरी जो देनी थी।

वो क्या बेटा ! लो पिता जी से बात करो।

हाँ पिता जी ! जिस दिन लड़का हुआ उसी दिन कम्पनी से भी एक और खुशखबरी मिली कि हम दोनों को तीन–चार महीने बाद विदेश कम से कम पांच साल के लिए जाना है।

यह तो बहुत खुशी की बात है लेकिन उससे पहले गाँव आ जाते तो अच्छा होता।

पिता जी ! यह संभव नहीं है क्योंकि कम्पनी का कोई खास प्रोजेक्ट है जिसपर काम करने के लिये हमें वहाँ जल्दी जाना है।

ठीक है बेटा, लेकिन तब तक तो एक युग सा बीत जायेगा हमलोग भी अब बूढ़े ही हो रहे हैं और...

पिताजी ! आप चिंता मत कीजिये हम जितना जल्दी हो सकेगा

गाँव आयेंगे।

ठीक है बेटा ! हम लोग जैसे–तैसे अपना समय काटेंगे, यह कहकर उन्होंने फोन रख दिया और सिसकने लगे।

क्या हो गया, आप क्यों रो रहे हैं ? अरण्य की माँ ने पूछा।

बेटा–बहु पांच साल के लिये विदेश जा रहे हैं।

तो क्या हुआ ? यह कहकर अरण्य की माँ भी सिसकने लगी।

समय अपने गति से आगे बढ़ता रहा बीच–बीच में कभी–कभी अरण्य अपने माता–पिता से बात कर लेता। अरण्य पांच साल कहकर गया था लेकिन उसे विदेश मे करीब छः साल लग गये और वह अपने गाँव नौ साल के बाद आया।

देखते देखते 9–10 साल व्यतीत हो गये, गाँव में तब तक कितनों के घर गिर गये या ढह गये थे। कितनों ने अपना नया घर बना लिया बहुत से बच्चे अपने गाँव से बाहर पढने के लिए चले गये, बहुतों को नौकरी मिल गई और वे अपने बाल बच्चो को लेकर गाँव से बाहर चले गये। इतने सालो में ही यह गाँव वीरान सा हो।

गाँव बदला–बदला सा दिख रहा था। गाँव में बहुत कम लोग दिखाई दे रहे थे। इस गाँव की कुल आबादी करीब 5,000 थी, जो मात्र 2–3 हजार तक रह गई थी। गाँव खंडहर सा बन गया था। अरण्य ने अपने पिताजी से पूछा – पिता जी गाँव के लोग कहाँ चले गये?

बेटा ! किसी ने अपनी रोजी रोटी की तलाश में शहर का रुख कर लिया, तो कोई पढ़ने–पढ़ाने के चक्कर में, तो कोई नौकरी करने अपने बाल बच्चो के साथ गाँव से बाहर निकल गया। कुछ को तो गाँव की हरियाली खुशहाली, गाँव की हवा पानी ही नहीं अच्छा लगता उन्हें तो शहरो की चकाचौंध आपा धापी भागम भाग अच्छी लगने लगी, ऐसे

लोग अपनी बीघों की जमीन बेचकर शहरो में गज या फीट के हिसाब से जमीन लेकर रहने के लिए गाँव छोड़कर चले गये, इसलिए यह गाँव अब वीरान हो गया है।

ठीक है पिताजी! अब मैं अपने इसी वीरान गाँव को आबाद करने की कोशिश करूँगा। हमलोग आप लोगो को और यह गाँव छोड़कर कहीं नहीं जायेंगे, मैं अपने इसी गाँव में एक फैक्ट्री लगाऊंगा और तमाम लोगो को रोजगार दूंगा। अरण्य और उसकी पत्नी ने कम्पनी को अपना इस्तीफा भेज दिया, और एक विशाल फैक्ट्री बनाने का काम शुरू कर दिया, उसके इस काम की चर्चा चारों तरफ होने लगी, उसने फैक्ट्री वाले जगह पर एक ऑफिस खोल दिया, जहाँ उसके गाँव और आस पास के गाँव के आदमी आकर अपनी योग्यता बताकर अपना नाम लिखवा सकते थे।

अरण्य ने विदेश में कमाये अपने और अपनी पत्नी के पैसो का तथा अपने पिता जी की प्रॉपर्टी का अच्छा सदुपयोग करने का एक सुंदर प्लान तैयार कर लिया।

अरण्य ने अपनी फैक्टरी के उद्घाटन के लिए किसी नेता या बड़े आदमी को नहीं बुलाया, बल्कि अपने गाँव के ही सबसे बुजुर्ग व्यक्ति से फैक्ट्री का उद्घाटन कराया और अपने गाँव तथा आस–पास के गाँव के लोगो को उनकी योग्यता के अनुसार काम दिया, यहाँ तक जो लोग कम पढ़े लिखे थे, उन्हें भी उनके लायक काम दिया। अरण्य के इस अनोखे कार्य ने उस क्षेत्र के सभी लोगो का दिल जीत लिया। उसकी फैक्ट्री और उसकी काबिलियत को देखने बड़े–बड़े अधिकारी तक आने लगे। इस प्रकार अरण्य ने अपने वीरान गाँव को ही नहीं बल्कि आस–पास के बहुत से गांवो को आबाद और हरा भरा कर दिया।

•••

बेटी की विदाई

अर्पण के पिता सीधे सादे सरल स्वभाव के संस्कारिक आदमी थे। उनके इस स्वभाव का उनके बच्चों पर भी असर हुआ। अर्पण पढ़ लिखकर सरकारी कालेज मे लेक्चरर नियुक्त हो गया। चूँकि कालेज गाँव से थोड़ी दुरी पर ही था। इसलिए वह घर से प्रतिदिन जाता आता। माता–पिता के साथ रहने से अर्पण को अच्छे संस्कार भी मिले जिसे वह अपने दिन प्रतिदिन के कामों में उपयोग करता था।

न समय की गति रूकती है और न होने वाली घटनाएँ ही टलती हैं। अर्पण की शादी के 15 –16 साल बाद उसके माता–पिता इस दुनिया से चल बसे अब उसपर घर परिवार की सारी जिम्मेदारियाँ आ गई। अर्पण की एक लड़की और दो लड़के थे, लड़की बड़ी थी इसलिए उसका अपने पापा से विशेष लगाव रहता। पापा ने नाश्ता किया की नहीं, खाना खाया की नहीं इत्यादि छोटी से छोटी बातों पर उसका ध्यान रहता, रहता भी क्यों नहीं ? उसके पापा भी उससे उतना ही प्यार करते।

एक बार जब बच्ची दो साल की थी तो वह रात में उठकर रोने लगी, अर्पण ने कहा– सुनती हो ! बच्ची क्यों रो रही है लगता है उसे

भूख लग गई है ? यह बहुत जल्दी सो जाती है और अभी इतनी रात हो गई फिर भी जगी है, अरे तुम सो गई हो ! कोई बात नहीं मैं दूध गर्म करके उसके बोतल में भरकर उसे देता हूँ। बच्ची के मुंह मे बोतल लगते ही वह दूध पीने लगी और पेट भर जाने पर सो गई। देखो ! सो गई न इसे तनिक भूख नहीं बर्दाश्त होती। धीरे–धीरे बच्ची बड़ी होने लगी और स्कुल जाने लगी।

जब कभी वह अपने पिता जी को बाजार से फल सब्जी या और कुछ लाते देखती तो लपककर उनके हाथ से ले लेती, और कहती कि पिता जी आप मत उठाइए ऑफिस से आते ही उसकी मम्मी चाय पानी लाती। तब तक वह अपने पिता के कपड़े उठाकर रख देती। यही नहीं बच्ची उनकी हर छोटी–छोटी बातो का ध्यान रखती। जूते पोलिश हैं की नहीं, कपड़े प्रेस हैं कि नहीं, यही नहीं वह अपने मम्मी के हर काम में मदद करती।

एक बार उसके पापा कहीं गये थे, रास्ते में जोरदार बारिश होने लगी। वह भीगते हुए घर आये उनकी बच्ची उन्हें देखते ही दौड़कर उनसे लिपट गई और कहने लगी कि पापा ! अब आप कभी भी बाहर नहीं जाना। पापा ने कहा – बेटी ! बाहर तो जाना ही पड़ता है, तो वह कहने लगी कि जब कभी बारिश हो तो आप कहीं छुप जाना।

स्कुल से आते ही घर के काम में अपनी मम्मी का सहयोग करती अपने दोनों छोटे भाईयों का स्कुल बैग रखने से लेकर उनके खाने पीने का ध्यान रखती लेकिन कबतक ? बच्चियाँ जन्म लेती हैं माँ बाप के घर में लेकिन उनका जीवन बीतता है दुसरे के घर में। वह पराई सम्पत्ति होती है, एक न एक दिन उसे दुसरे के घर जाना ही पड़ता है। अर्पण ने अपने बच्ची की शादी एक होनहार और बहुत सुंदर लड़के से तय कर दी। शादी का दिन करीब आ गया और शादी की तैयारियां जोर शोर से होने लगी।

एक दिन अर्पण की पत्नी बोली– आपकी लाडली चली जायेगी तो कौन पापा–पापा कहकर आपके आगे पीछे रहेगा ? अरे वह तुम्हारे भी आगे पीछे रहती है। हमारी लाडली चली जाएगी तो हमारा घर सूना–सूना लगेगा। वह हमारे घर की लक्ष्मी है।

अर्पण ने बोला– वह तो हमारे जिगर का टुकड़ा है, हमारी आँखों की रोशनी है, उसके जाने के बाद हमलोग कैसे रहेंगे ? यही यह कहकर अर्पण सिसकने लगे। आप तो बच्चों की तरह रोने लगे इसमें रोने की कौन सी बात है? यह तो दुनिया की रीत है उनकी पत्नी ने उन्हे समझाया।

आखिर शादी का दिन आ ही गया और अर्पण पचपन की उम्र में इतनी भाग दौड़ कर थे, जितना कोई 25 या 30 साल का लड़का भी नहीं कर सकता, क्योंकि आज उनकी लड़की की शादी के लिए दूल्हा और बाराती जो आने वाले थे।

पापा ! आप सवेरे से भागदौड कर रहे हैं, कुछ नाश्ता किया की नहीं ?

हाँ बेटी ! मैं चाय पी ली है।

कुछ नाश्ता भी कर लीजिये, मैं लेकर आती हूँ।

नहीं बेटी ! तुम चिंता मत करो मैं नाश्ता कर लूँगा, अभी तो बहुत सारा काम बिखरा पड़ा है, समय बहुत कम है, खाना बनाने वाले आ गये हैं। वहाँ देखना है, किसी सामान की कमी तो नहीं है। बारात घर को देखना है कि वहाँ सब प्रबंध हो गया है की नहीं। सब लोग अपना–अपना काम कर रहे हैं, लेकिन सब पर नजर रखना ही पड़ती है।

सवेरे से शाम हो गई उस बाप को न भूख महसूस हुई, न प्यास। हाँ ! लड़की ने बीच में आकर एक लड्डू और दो केले अपने

पिता जी को जबरदस्ती खिला दिये। पिता जी ! अब आप बैठ जाइये आप सवेरे से भाग दौड़ कर रहे हैं, हमलोग सारा इंतजाम कर रहे हैं सब कुछ हो जायेगा, आप बिलकुल मत घबराइए–बेटे ने कहा।

ठीक है बेटा ! फिर भी देखना तो पड़ता ही है, मैं देख रहा हूँ बारातियों के स्वागत व आवभगत में कहीं कोई कसर न रह जाए।

शाम हो गई किसी ने आकर सुचना दी बारात नजदीक आ गई है। जल्दी–जल्दी द्वार पूजा की तैयारियाँ होने लगी। बाजे वालो की आवाज भी स्पष्ट सुनाई देने लगी, औरते मंगल गीत गाने लगीं। द्वार पूजा सम्पन्न हुई। मेहमान नाश्ते पानी के बाद जब बारात घर में आराम करने चले गये। तो उस पिता को थोड़ी सी राहत महसूस हुई और घर के अंदर जाकर मंडप इत्यादि का जायजा लेने लगे। इसी बीच कुछ औरते लड़की को पकड़कर रोने लगी।

रात भर बाप इधर से उधर भाग दौड़ करते रहे उन्हें समय नहीं मिला कि इस बीच लड़की से मिल लें क्योकि वे चाहते थे कि शादी का सारा कार्य सुचारू रूप से सम्पन्न हो जाए। शादी हो गई, अब विदाई का समय आ गया, क्योंकि विदाई का मुहूर्त सवेरे सुर्योदय से पहले ही था।

घर के दरवाजे पर दुल्हे की कार आकर लग गई। अब लड़की को कुछ लड़कियाँ औरते लेकर कार तक आई, बाप जो अभी तक कामों मे व्यस्त था। वह भी कार के पास पहुँच कर अपनी प्यारी दुलारी लड़की को गले लगाने के लिए बेचैन हो गया। लड़की ने जब अपने पिता को देखा तो लपक कर उनके गले से चिपट गई। पिता पुत्री एक दुसरे को पकड़कर फफक फफकर रोने लगे। उंधर सूर्य अपनी आभा इस पिता पुत्री पर बिखेरने के लिए आकुल हो रहा था। समय की मज़बूरी को समझते हुए, पिता वहां से थोड़ी दूर हटकर जोर जोर से रोने लगे।

"मेरे कलेजे का टुकड़ा मेरी आँखों का तारा तू चली जाएगी, तो कौन मेरे और तेरी मम्मी के आगे पीछे घुमेगा, कौन पूछेगा चाय पी की नहीं, खाना खाया की नहीं। घर तो मेरी बच्ची के बिना सूना–सूना हो जायेगा। घर में चिड़ियों जैसा कौन चहकेगा, कौन फूलों जैसा महकेगा ? मेरी प्यारी बच्ची ! क्या आज तक ही हमारा तुम्हारा साथ था ? मेरी बच्ची ! तुम अपने पापा को मत भूलना ! मैं कैसे तुम्हें अपनी आँखों से ओझल होते देख रहा हूँ? मेरी प्यारी बच्ची मेरे कलेजे का टुकड़ा...."

अरे आप यहाँ रो रहे हैं और लड़की आपको देखने के लिए बुला रही है जल्दी चलिए ! सूर्योदय होने वाला है अर्पण की पत्नी ने कहा।

बच्चों को ज्ञान देने वाला एक अज्ञानी की तरह पूछ रहा है कि आज सूर्योदय जल्दी क्यों हो रहा है ? क्या सूर्य हमसे नाराज हो गये है ? थोड़ी देरी से निकलते तो क्या हो जाता मेरी बच्ची कुछ देर और रुक जाती।

आप जल्दी चलिए बच्ची आपको देखना चाहती है।

अर्पण अपनी बच्ची को पकड़कर जोर–जोर से रोने लगे।

पापा आप मत रोइए ! मम्मी पापा का ध्यान देना।

सूर्योदय से पहले सूर्य सी आभा बिखेरती लड़की अपने नये घर की तरफ अपने जीवन साथी के साथ चली और इधर पिता का रो–रोकर बुरा हाल हो रहा था। अब उस व्यस्त पिता के पास इस समय न कोई काम था न कोई चिंता। वे अपनी सीधी साधी सरल स्वभाव सादगी की साक्षात मूर्ति लाडली दुलारी बेटी को याद करके रोये जा रहे थे। अब हमारी लाडली बिटिया का कौन ध्यान रखेगा मेरी बेटी कैसे रहेगी ? यही सब सोचते और रोते–रोते दिन भर के थके मांदे रात भर के जगे उस पिता को नीद आ गई।

जब नींद खुली तो अर्पण अपनी लाडली को याद करके फिर रोने लगे। उनकी पत्नी ने आकर कहा– ऐसा कीजिये अपने समधी भाई को दो चार दिन बाद कहियेगा कि बेटी को कुछ दिन के लिए हमारे यहाँ भेज दें।

हाँ, ठीक है, मैं उनसे दो चार दिन के बाद बात करता हूँ। अर्पण बोला, उन्हें अपनी बेटी से इतना लगाव था कि जब भी उन्हें कुछ फुर्सत के पल मिलते उसे याद करके अहकने लगते।

•••

कचरे का लाल

बात उन दिनों की है, जब देश से गरीबी मिटाने की घोषणा हर साल 15 अगस्त को लाल किले से तत्कालीन प्रधानमंत्री करते थे लेकिन गरीब गरीब ही रहते। हाँ, नारो और भाषणों से गरीबो की गरीबी हर साल जरुर दूर कर दी जाती थी।

उन्ही दिनों शर्मा जी नित्य सवेरे टहलने जाते वे अपने घुमने में इतना व्यस्त रहते कि उनका ध्यान इधर उधर नहीं जाता। आज भी ऐसा ही होता, यदि किसी का पालतू कुत्ता भोंकता हुआ उनके पास नहीं आ जाता।

शर्मा जी तेजी से पीछे की तरफ मुड़े तो उनका पांव पीछे कूड़े की ढेर में पड़ने ही वाला था तबतक एक छोटा लड़का चिल्लाया–

अरे साहब ! संभल के नहीं तो आप इस कचरे के ढेर में गिर जायेंगे ! शर्मा जी पीछे मुड़ कर देखे तो पीछे कुड़े का ढेर लगा था। इतने में कुत्ते का मलिक भी वहाँ आ गया और कहने लगा कि आप व्यर्थ में डर गये यह कुत्ता रोज इस लड़के को देख कर भोंकता है।

शर्मा जी उस लड़के से मुखातिब होते हुए पूछा–

बच्चे ! क्या तुम रोज यहाँ आते हो ?

हाँ मालिक !

मैं भी तो रोज इसी रास्ते घुमने जाता आता हूँ लेकिन कभी इधर ध्यान नहीं दिया।

अच्छा करते हैं मालिक ! इस गंदे कचड़े को क्या देखना ?

तुम इन कचड़ों में क्या करते हो ?

मैं इन कचड़ो में प्लास्टिक पोलीथिन चुनता हूँ और उसे दुकान पर बेचकर कुछ पैसा मिलता है, जिसे अपने पापा को दे देता हूँ।

तुम्हारे पापा क्या करते हैं ?

वे मजदूरी करते हैं।

बच्चे ! तुम्हारा नाम क्या है ?

मेरा नाम नमन है।

क्या तुम पढ़ने नहीं जाते हो ?

नहीं साहब ! पढ़ने कैसे और कहाँ जाऊँ। घर में मैं मम्मी और पापा हैं। पापा दिन रात मजदूरी करके हमलोगों के लिए रोटी का इंतजाम करते है, जिस दिन उन्हें मजदूरी नहीं मिलती उस दिन हम लोगों को भूखा रहना पड़ता है।

अच्छा ! क्या कल अपने पापा को यहीं पर बुला सकते हो ?

वो कैसे आ सकते है यहाँ ? वे रोज दिहाड़ी ढूंढने चौराहे पर चले जाते हैं।

ठीक है, उनसे कहना कि कल की दिहाड़ी उन्हें मैं दे दूंगा।

अच्छा साहब ! मै अपने पापा को कल यहाँ आने के लिए कहूँगा।

दुसरे दिन वह लड़का अपने पापा के साथ वहाँ आया और इशारा करके कहा – साहब आपने बुलाया था।

नमस्ते साहब !

हाँ भाई ! नमस्ते, अच्छा ये बताओ कि इस लड़के को स्कुल क्यों नहीं भेजते हो ?

साहब ! क्या करूँ बच्चे को पढने भेजूं कि रोटी का इंतजाम करूँ ? बड़ी मुश्किल से रोटी का इंतजाम हो पाता है।

अच्छा ! यदि मै तुम्हारे बच्चे का किसी स्कुल में नाम लिखवा दूँ, तो क्या तुम इसे प्रतिदिन पढ़ने भेजोगे ?

हाँ साहब ! क्यों नहीं भेजूंगा ?

ठीक है, तो तुम इस बच्चे को लेकर कल सवेरे आठ बजे उस सामने वाले स्कुल में आ जाना।

अरे साहब ! उस स्कुल में तो बहुत बड़े–बड़े घरो के लड़के पढ़ते हैं हमलोगों को तो उसमें घुसने भी नहीं देंगे।

उसकी चिंता मत करो, मैं वहीं गेट पर सवेरे तुम्हे मिलूँगा।

ठीक है साहब !

शर्मा जी ने नमन का नाम उस बड़े स्कुल में लिखवा दिया। दो चार साल तो किसी तरह काम चला। उसके बाद लड़के के पास कभी कोई कापी नहीं तो कभी कोई बुक नहीं। यहाँ तक कि पेन पेंसिल खरीदने के लिए भी उसके पिता लड़के को पैसा नहीं दे पाते फिर भी लड़का घबराता नहीं था, और न अपने पिता को तंग ही करता था।

एक दिन क्लास मे अध्यापक आकर कुछ लिखवा रहे थे और नमन इधर–उधर देख रहा था, तब तक बगल वाला लड़का अपनी छोटी

पेंसिल नीचे फेंक कर दूसरी नयी पेंसिल निकालकर लिखने लगा। नमन ने उस लड़के को पेंसिल फेंकते हुए देख लिया था और अंदर ही अंदर बहुत खुश हुआ, वह पेंसिल उठाने का अवसर देखकर नीचे झुका तब तक अध्यापक ने यह देख लिया और पूछा क्या कर रहे थे ?

नमन चुप रहा।

तुम्हारी मुठ्ठी में क्या है ?

नमन ने अपनी मुट्ठी खोली तो उसमे एक छोटी पेंसिल थी तुमने इसे क्यों उठाया ?

नमन चुप रहा, लेकिन अध्यापक ने डांटकर पूछा कि इसे क्यों उठाया ?

सर ! दो दिन से मेरे पास पेंसिल नहीं थी इसीलिए इसे उठा लिया तबतक बगल वाला लड़का बोला सर ! यह लड़का ऐसा ही काम करता है। दो दिन पहले मैंने एक छोटी सी इरेसर रबर निचे फेंक दी थी तो भी इस लड़के ने उसे भी उठा लिया था।

अध्यापक ने पुछा कि तुम ऐसा क्यों करते हो ?

नमन ने बताया – सर मेरे पापा के पास पैसे नहीं हैं कि वे पेंसिल खरीदकर मुझे दें।

क्या करते हैं तुम्हारे पिताजी ?

सर ! वे दिहाड़ी करते है दिहाड़ी के बाद शाम को अंडे की रेड़ी लगाते हैं। मेरी माँ भी दुसरो के घरों में झाड़ू पोंछा और बर्तन करती है।

तुम हर क्लास में कैसे टॉप करते हो ?

सर ! जब पापा अंडे की रेड़ी लगाते हैं और कोई ग्राहक नहीं

होता तो उस समय मैं जो भी क्लास में पढ़ाया गया होता है उसे अपने पापा को सुना और बता देता हूँ इस प्रकार मेरा हर दिन रिविजन हो जाता है।

अध्यापक को सब कुछ सझते देर नहीं लगी वे क्लास से निकलकर सीधे प्रिंसिपल साहब के पास गये और नमन की सारी बात बताई। यह बात सुनकर प्रिंसिपल साहब बहुत दुखी हुए और एडमिन वालों को बुलाकर उस लड़के को सब सुविधा देने का आदेश दे दिया और साथ ही यह भी कहा कि हर महीने मुझे इस लड़के की प्रोग्रेस रिपोर्ट बताया जाय।

नमन उस होनहार पौधे की तरह था जिसमे फलने फूलने के सारे गुण थे। लेकिन उचित खाद पानी और वातावरण न मिलने के कारण वह सुखने लगा था। नमन शुरू से ही प्रखर बद्धि का था सुविधा मिलने से उसमे दिन रात निखार आने लगा। साल दर साल वह अपनी क्लास में टॉप करने लगा। स्कुल के सारे अध्यापक यहाँ तक कि प्रिसिपल साहब तक बहुत खुश रहते। 12 वीं बोर्ड की परीक्षा में पूरे देश में उसका दूसरा स्थान रहा।

अब नमन को सरकार से पढ़ने की सुविधा के साथ ही साथ स्कालरशिप भी मिलने लगी। नमन की मेहनत और माँ बाप का सहयोग रंग लाया उसका आईएस में सिलेक्शन हो गया, फाइनल इंटरव्यू में उससे पूछा गया कि यदि आपको किसी जिले का डीएम बना दिया जाए तो आपकी प्राथमिकता क्या होगी ?

सर ! सबसे पहले मैं जिले के अधिकारियों को निर्देश दूंगा कि कोई भी छोटा लड़का किसी गाँव, शहर में कचरे की ढेर से प्लास्टिक पोलीथिन इत्यादि चुनता हुआ नहीं दिखना चाहिए, यदि ऐसा कोई भी लड़का दिखाई देता है तो उसे नजदीक के स्कुल में पढ़ने का सभी प्रबंध किया जाए।

इंटरव्यू लेने वाले एक दुसरे व्यक्ति ने पूछा– मिस्टर नमन ! यह कैसी प्राथमिकता ?

सर ! जैसे गुदरी में लाल छुपा होता है वैसे ही कचरे में भी लाल छुपा हो सकता है।

मिस्टर नमन ! आप पहेलियाँ न बुझायें बल्कि अपनी बात स्पष्ट करें।

सर ! मेरे कहने का मतलब यह है कि बहुत से होनहार गरीब बच्चे पैसो की कमी के कारण नहीं पढ़ लिख पाते और कचरो की ढेर में कचरे के लाल बनकर रह जाते हैं इसका प्रत्यक्ष प्रमाण मै आपके सामने हूँ।

वो कैसे ?

इस पर नमन ने अपने जीवन की आप बीती सारी बातें उन्हें बताई जिसे सुनकर इंटरव्यू लेने वाले दंग रह गये, इंटरव्यू लेने वाले एक व्यक्ति ने पूछा – मिस्टर नमन ! आप क्या कहना और करना चाहते हैं? इसे स्पष्ट कीजिये।

सर, मैं चाहता हूँ कि जिस जगह पर मेरी पोस्टिंग हो वहां पर ऐसा कार्यक्रम चलाऊँ कि उस जगह कोई बच्चा कचरा बीनता हुआ न दिखाई दे।

इसका मतलब आप प्रधानमंत्री के शौचालय कार्यक्रम की तरह अपने कचरे वाले कार्यक्रम को आगे बढ़ाना चाहते हैं ?

सर ! मैं प्रधानमंत्री जी से अपनी तुलना नहीं कर सकता लेकिन चाहता हूँ कि छोटे बच्चों को कूड़े कचरे के ढेर से दूर रखूं और ऐसे बच्चों को पढने के लिए स्कुल भेज सकूँ।

ठीक है नमन ! आपको हमारी शुभकामनाये।

बाबा की याद

रमन के बाबा दो भाई थे। दोनों भाइयों के बाल बच्चे सब भरा पूरा परिवार था। बड़ा परिवार होते हुए भी सब एक साथ रहते थे। दोनों बाबा के दो–दो बच्चे व एक–एक लड़कियाँ थी, सबकी शादी ब्याह गया। दोनों बाबा के लड़कियाँ बाल बच्चे वाली हो गई, लेकिन दोनों बाबा के लड़को को बहुत दिनों तक कोई संतान नहीं पैदा हुई।

पूरा परिवार धार्मिक प्रवृति का था, आये दिन घर में पूजा पाठ होती रहती थी। एक बार घर में सत्यनारायण भगवान की कथा हो रही थी, तो पड़ोस के वयोवृद्ध शंकर जी कहने लगे कि बाबा आप सब लोग इतने सात्विक और पूजा पाठ करने वाले हैं, लेकिन बहुत दिन हो गये आपके घर में कोई किलकारी नहीं गूंजी।

हाँ, आप ठीक कह रहे हैं, शंकर भाई ! लेकिन यह सब अपने हाथ मे थोड़े है भगवान की मर्जी से सब कुछ अपने समय से होता है– बड़े बाबा ने कहा। इसके बाद बड़े बाबा एकांत में जाकर सत्यनारायण बाबा के हाथ जोड़कर प्रार्थना करते हुए कहने लगे–

हे सत्यनारायण महाराज ! मुझे पोता दीजियेख मैं उसे आपका प्रसाद मानकर हमेशा हर सम्भव अपने साथ रखूँगा। सत्यनारायण

भगवान की कृपा कहें या इस परिवार का संस्कारिक विचार या पूर्वजो का आशीर्वाद, ठीक दसवें महीने बड़े बाबा के यहाँ पोते ने जन्म लिया। बड़े धूमधाम से सत्यनारायण भगवान की कथा हुई और उस लड़के का नामकरण संस्कार हुआ जिसमें उसका नाम रमन रखा गया।

रमन अपनी तीसरी पीढ़ी में सबसे पहले पैदा हुआ था, इसलिए उसे सबका भरपूर लाड़ प्यार मिलता, उसके बाबा तो उसे इतना प्यार करते कि वे उसे हमेशा घर से बाहर ही रखते, खिलाते, दुलारते, घर के अंदर तभी भेजते जब रमन को भूख लगी हो या उसे नहलाना धुलाना हो। रमन से उसके बाबा का इतना लगाव था कि वे रात में भी अपने पास ही सुलाते।

रमन जब पांच साल का हुआ तो पास के स्कूल मे पढने जाने लगा। स्कुल से आते ही वह अपने बाबा से चिपट जाता, बाबा के आगे उसे अपनी माँ की याद तभी आती जब उसे भूख लगी हो। खाने पिने के बाद फिर वह अपने बाबा के पास आ जाता। बाबा ने भी उसे छोटी सी उम्र से ही सभी देवी देवताओं के पूजा के मंत्र याद करा दिए थे।

दसवीं पास करते–करते उसे बहुत सारे मंत्र और तमाम धार्मिक कथा कहानियाँ याद हो गई थी, बाबा के साथ अधिकतर समय व्यतीत करने के कारण रमन धार्मिक प्रवृति का हो गया। बाबा जब भी किसी नाते रिश्तेदारी में जाते तो कोशिश करते कि रमन को भी साथ ले जायें। यहाँ तक कि जब वे किसी मेले बाज़ार में जाते तो भी रमन को साथ ले जाते। बाबा के साथ रमन को न देखकर कई लोग पूछ भी लेते कि बाबा आपका पोता कहाँ है? तो वे कहते कि वह स्कुल गया है।

बाबा एक बार वे अपने किसी घनिष्ट मित्र के लड़के की शादी में रमन को भी साथ लेकर गये।

पहले शादियाँ तीन दिन की होती थीं, पहले दिन शाम होते ही

बारात आ जाती थी, फिर रात में शादी ब्याह का कार्यक्रम चलता और इधर रात में बाराती और गाँव वाले सब मिलकर नाच गाने का आनंद उठाते। दुसरे दिन विभिन्न प्रकार के कार्यक्रम होते और दोपहर में खाने पीने के बाद पुनः नाच गाने का प्रोग्राम चलता। जिसे देखने के लिए बाराती लड़की के गाँव वाले यहाँ तक कि दूर–दूर के गांवों से लोग आते। रमन भी अपने बाबा के पास बैठा, वहाँ हो रहे प्रोग्राम को देख रहा था।

उस समय नाचने वाली कोई बहुत ही सुंदर गाना गा रही थी लेकिन ढोलक व तबला बजाने वाले ठीक से नहीं बजा पा रहे थे। सब कुछ बेसुरा हो जा रहा था, उस गाने से मेल नहीं खा रहा था, तबतक किसी की निगाह रमन के बाबा पर पड़ी। शायद वह बाबा को अच्छी तरह जनता होगा कि बाबा बहुत बढिया ढोलक बजाते हैं। सबकी निगाहें बाबा की तरफ हो गई, हाँ बाबा जी आप ढोलक लीजिये। बाबा ने ढोलक लिया और लेते ही इधर–उधर हाथ मारा फिर तडातड़ की दो चार बार ढोलक से आवाज निकाली उसके बाद तो गाने वाली भी अपनी पूरी तन्मयता से गाने लगी इस प्रकार उस महफ़िल में समां बध गया। सभी बाबा की वाह वाही करने लगे यह सब दृश्य रमन की आँखों मे बस गया।

इस घटना ने रमन पर ऐसी छाप छोड़ी कि रमन अपने बाबा का मुरीद हो गया। रमन पढ़ने में भी होशियार था दसवीं और बारहवीं दोनों में अच्छे नम्बरों से पास हुआ उसकी शादी के लिए लोग आने लगे तो बाबा कहते कि मेरा पोता जब खूब पढ़ लिख लेगा, तब इसकी शादी करेंगे। जब कोई रमन के पिता जी के पास जाता तो वे कहते कि रमन की शादी तो उसके बाबा जी की मर्जी से ही होगी।

रमन पढाई के साथ ही साथ घर का भी थोड़ा बहुत काम करता और सबसे ज्यादा ध्यान अपने बाबा पर देता। प्रतिदिन वह बाबा के

पैर दबाता। तो कभी–कभी बाबा के सर में तेल भी मालिश कर देता। बाबा भी उसका खूब ध्यान रखते। रमन को अपनी पढाई के लिए दूर किसी शहर में जाना पड़ता लेकिन जब भी कालेज की छुट्टी होती वह आता और अपने बाबा की देखभाल में लग जाता।

रमन के बाबा अब वृद्ध हो गये थे, ज्यादा चलने फिरने में उन्हें तकलीफ होने लगी, गर्मियों की छुट्टी में रमन अपने गाँव आया तो हरसंभव उनके पास रहने की कोशिश करता। एक दिन रमन ने देखा कि उसके घर के बाहर बहुत सारे लोग इकट्ठे हैं रमन को समझते देर न लगी कि उसके बाबा की तबियत ख़राब हो गई है घबडाते हुवे बाबा से पुछने लगा– बाबा, क्या हो गया आपको ?

बाबा ने ना–ना करते हुए सिर हिलाया, रमन बाबा के मुंह हाथ और सिर पर हाथ फेरने लगा। दुसरे दिन भी बाबा की तबियत ठीक नहीं हुई बल्कि और बिगड़ने लगी। रमन की माँ ने कहा – बेटा ! तुम अपने कालेज चले जाओ।

रमन ने कहा– नहीं माँ ! जब तक बाबा ठीक नहीं होते तब तक मैं कालेज नहीं जाऊंगा। डाक्टर को घर पर बुलाया गया, डाक्टर ने देख सुनकर कहा कि अब इनकी नसें शिथिल हो रही हैं कोई दवाई नहीं काम करेगी, आपलोग इनकी देखभाल करते रहिये। मैं कुछ दवाई देता हूँ उसे इन्हें पिलाइए, उससे इनके साँस लेने में ज्यादा तकलीफ नहीं होगी। डाक्टर के जाने के बाद यह बात पूरे गाँव मे फैल गई कि बाबा की हालत खराब हो गई है, बाबा को देखने के लिए घर से लेकर बाहर वालो का ताँता लगा रहा, लेकिन रमन वहाँ से हिलने का नाम नहीं ले रहा था।

रमन अपने बाबा का मुंह पोंछता, उनके सिर पर हाथ फेरता और बीच–बीच में तुलसी, गंगा जल उनके मुंह में चम्मच से डालता रहता। तीसरे दिन बाबा की हालत और खराब हो गई तो रमन ने

अपने बाबा को गीता का दूसरा अध्याय गीतासार पढ़कर सुनाने लगा। बीच–बीच में उनका सिर पोंछता रहता और मुंह में तुलसी गंगा जल डालता। यकायक बाबा जोर–जोर से हिचकियाँ लेने लगे। वहाँ उपस्थित सभी ने कहा कि लगता है कि बाबा का अब अंतिम समय आ गया है बाबा अपना हाथ उठाने की कोशिश करने लगे। ऐसा लगा कि उनकी आँखे किसी को ढूंढ़ रही है, तब तक उनकी नजर अपने पोते रमन पर पड़ी। रमन को समझते देर नहीं लगी कि बाबा उसी को ढूंढ रहे हैं वह जल्दी स उनके पास पहुँच गया उसे देखते ही बाबा ने रमन के तरफ हाथ उठाने की कोशिश करते हुए कहा–

"बहुत सुखी रहना"

यही कहते हुए बाबा ने अंतिम साँस ली।

सब लोग रोने लगे और बाबा की सादगी ईमानदारी की चर्चा करने लगे किसी ने कहा कि बाबा रमन को बहुत चाहते और प्यार करते थे।

किसी दुसरे ने कहा कि तभी तो बाबा जाते–जाते रमन को सुखी रहने का आशीर्वाद दे गये।

समय अपने गति से चलता रहा और समय आने पर रमन की किसी सरकारी विभाग में अच्छी नौकरी लग गई, चूँकि रमन को अपने बाबा से अच्छे संस्कार मिले थे, इसलिए वह अपने माता पिता से भी उतना ही प्यार करता।

एक बार उसने अपने पिता जी से कहा – क्यों न हम लोग किसी टूर पर चलें, प्रोग्राम बना और रमन अपनी पत्नी, दो बच्चों और माता पिता के साथ किसी तीर्थ यात्रा पर निकल पड़ा। घूमते–घूमते वे सभी कन्याकुमारी पहुँच गये। दुसरे दिन समुद्र मे विवेकानंद रॉक देखने नाव से गये, वहाँ का अद्भुत दृश्य देखकर रमन सिसकने लगा

तो उसके पिता ने पूछा – क्या हो गया क्यों रो रहे हो ?

रमन ने कहा कि मुझे अपने बाबा की याद आ रही है।

उसके पिता बोले – यह तुम्हारे बाबा का प्यार है जो तुम्हे उनकी याद आ गई, वे जहाँ भी होंगे अपने पोते को देखकर खुश हो रहे होंगे। तभी तुम्हें बाबा की याद आ गई। रमन के पिता ने भी अपने पिता को याद किया और हाथ जोड़कर उन्हें प्रणाम किया।

•••

पछतावा

जब मनुष्य अपना सोचा हुआ कोई काम या मन की कोई बात नहीं कर पाता है, तो हाथ मलकर रह जाता है और उस कार्य को न करने का मलाल उसे जिन्दगी भर बना रहता है या जब–जब वह बात उसे याद आती है, वह स्वयं को कोसने लगता है, इसी को पछतावा कहते हैं। इसलिए जो काम करने की इच्छा और क्षमता हो उसे शीघ्रताशीघ्र कर लेना श्रेयष्कर होता है।

ऐसा ही चमन के साथ हुआ, जिसकी याद में वह समय–समय पर पछताता रहता है। चमन बचपन से ही अपनी उम्र से बड़ी सोच रखता था जब वह प्राइमरी स्कुल में पढ़ता था, तभी से वह बड़ी–बड़ी बातें करता और सोचता। पढ़ाई में भी वह बहुत अच्छा था पढ़ने के साथ ही साथ उसकी पैनी नजर हर उस बात को और उससे सम्बन्धित हर पहलु को जान लेने के लिए बेचैन रहती, उसकी यह चाहत दिन रात बढती गई।

जब वह बारहवीं क्लास में था, तो इकोनामिक्स के अध्यापक "उपयोगिता" वाला चैप्टर पढ़ा रहे थे जिसमें उन्होंने बताया कि–

"रोटी का आटा वही होता है, रोटी भी वही होती है जो हमने

तुमने पहली वाली रोटी खाई थी, लेकिन इसकी उपयोगिता क्रमशः घटती जाती है, और एक समय आता है, जब रोटी की उपयोगिता हमारे लिए शून्य हो जाती है।"

चमन पूछा– सर ! यह कैसे होता है ?

चमन ! तुमने बहुत अच्छा सवाल पुछा, मैं तुम्हे इसे डिटेल में समझाता हूँ–

"जब तुम्हें भूख लगी थी और पहली रोटी खाई थी, तो तुम्हे बहुत अच्छा लगा होगा/स्वादिष्ट लगा होगा, मान लें कि उस रोटी की उपयोगिता उस समय 10 थी उसके बाद दूसरी रोटी में वही उपयोगिता 8 हो गई और तीसरी चौथी रोटी खाते–खाते भूख की तृप्ति होने लगती है, इसलिए उसकी उपयोगिता घटकर क्रमशः 6 और 4 हो जाती है। वही आटा, वही रोटी लेकिन अब खाने का मन नहीं होता और एक समय ऐसा आता है कि उसी रोटी की उपयोगिता शून्य हो जाती है। जब तक किसी चीज की जरूरत है तब तक तो उसकी उपयोगिता समझ में आती है और जब उस चीज की जरूरत न हो तो उसकी उपयोगिता समाप्त हो जाती है।"

चमन ने कहा– सर ! क्या यही कारण है कि लोग अपने माँ बाप को घर से निकाल देते हैं या वृद्धाआश्रम में भेज देते हैं क्योंकि उनकी अब कोई उपयोगिता नहीं रही ?

चमन ! तुम ठीक कह रहे हो।

सर ! इसका मतलब बूढ़े माँ–बाप उस चूसे आम की तरह हो जाते हैं जिसमे कोई रस नहीं बचा होता।

"इसीलिए तो आजकल वृद्धाश्रमों की बाढ़ सी आ गई. है, लोग अपने माँ बाप को अनुपयोगी समझकर अपने पास से दूर किसी वृद्धा आश्रम में डालकर निश्चिन्त और सुख से रहना चाहते हैं" अध्यापक

ने कहा।

इस बात ने चमन को अंदर तक झकझोर दिया। इस बात का चमन पर इतना असर हुआ कि वह अपने माँ बाप को जी जान से चाहने लगा और उसने उसी समय यह प्रण किया कि वह अपने माँ बाप की यथा संभव सेवा करेगा और उन्हें कभी भी, किसी प्रकार का कोई कष्ट नहीं देगा।

चमन कालेज में जाने से पहले और आने के बाद जब भी समय मिलता अपने माँ बाप की देखभाल करता। यहाँ तक कि हर दिन सोने से पहले उनके पैर दबाता। माँ बाप की सेवा और आशीर्वाद का उसे अच्छा फल भी मिला। पोस्ट ग्रेजुएशन करने के बाद उसे सरकारी विभाग में अच्छी नौकरी मिल गई उस समय तक उसकी शादी भी हो गई थी और वह अपने पत्नी को लेकर नौकरी पर चला गया। घर पर उसके माँ–बाप, एक छोटा भाई और एक छोटी बहन रह गये, जब भी चमन को अपने माता–पिता की बहुत याद आती, वह उनसे फोन से बात कर लेता लेकिन उसका मन उनके बिना नहीं लगता था।

एक दिन चमन ने अपनी पत्नी से कहा – क्यों न हमलोग माताजी पिता जी को यहाँ लायें उनके बिना मन नहीं लगता बार–बार उनकी याद आती है, पता नहीं कैसे रहते होंगे ?

बात तो ठीक है लेकिन दो महीने बाद तरुण की शादी है उसमें हमलोगो को जाना पड़ेगा, साथ में माता पिताजी को भी ले जाना पड़ेगा, इसलिए तरुण की शादी के दो चार महीने बाद लायेंगे तो वे लोग हमलोगों के साथ ज्यादा दिन रह सकेंगे।

हाँ, यही ठीक रहेगा। चमन ने कहा।

उसकी पहली पोस्टिंग दिल्ली हुई थी, ड्यूटी आते–जाते चमन सोचता कि माँ–पिता जी यहाँ की भीड़ भाड़ और रौनक देखकर बहुत

खुश होंगे, उन्हें यहाँ लाकर खूब घुमाऊंगा और हर सन्डे को कहीं दूर की सैर पर उनके साथ निकल जायेंगे। यही सोच रहा था कि उसके दोस्त का फोन आ गया–

अरे भाई ! आफिस नहीं चलना है क्या ? जल्दी नीचे आ जाओ।

ऑफिस जाते समय चमन ने अपने दोस्त से कहा –

मैं अपने माता पिता जी को गाँव से यहाँ लाकर दिल्ली और आस पास घुमाना चाहता हूँ इसलिए सोच रहा हूँ कि उनको लाने से पहले एक कार खरीद लूँ जिससे उन्हें सब जगह घुमा सकूँ।

चमन का दोस्त बोला – यह तो बहुत अच्छा रहेगा।

चमन ने अगले महीने कार खरीद ली और उसी कार से अपनी पत्नी के साथ गाँव पहुँच गया। नई कार देखकर चमन के माता–पिता बहुत खुश हुए। उससे भी ज्यादा खुश वे चमन को देखकर हुए क्योंकि चमन ड्यूटी ज्वाइन करने के बाद पहली बार घर आया था। चमन की माँ ने कहा––

बेटा ! तुमने कितने दिन लगा दिए घर आने में तुम्हारे पिता जी तो कह रहे थे कि लगता है चमन हम लोगों को भूल गया है !

माँ क्या कहती हो ? मै आप लोगों को कैसे भूल सकता हूँ ? हाँ तरुण की शादी हो जाये तो आप लोगों को दिल्ली लेकर चलूँगा और वहीं पर रखूंगा।

बेटा ! हमलोग कुछ दिनों के लिए ही चल सकते हैं क्योंकि यहाँ खेती बाड़ी है, नई बहु है, बेटी है, उन्हें भी तो देखना पड़ेगा।

ठीक है माँ ! तो हर तीन चार महीने के बाद ले जाया करूंगा और कुछ दिन अपन पास रखने के बाद घर पर छोड़ दूंगा।

हाँ बेटा ! ऐसा हो सकता है।

तरुण की शादी के बाद चमन माता–पिता को हर दो तीन महीने के बाद अपने पास ले जाता ,उसकी नौकरी सेंट्रल गवर्नमेंट की थी इसलिए हर तीन चार साल बाद उसकी पोस्टिंग किसी दूसरी जगह हो जाती और चमन अपने माता पिता को हर नई जगह ले जाता। इस तरह अपने अभी तक की 20 साल की नौकरी में चमन ने अपने माता पिता को हर जगह ले गया। खूब घुमाया, दिखाया और उन्हें खुश रखने का हर सम्भव प्रयत्न करता।

एक बार चमन अपने माता–पिता पत्नी और दो बच्चो के साथ पूना के पास किसी जगह पर घुमने जा रहा था रास्ते के सुंदर दृश्य को देखकर चमन की माँ ने कहा–

कैसा सुंदर और मनोरम दृश्य है, देखकर मन प्रशन्न हो जाता है।

माँ ! इससे भी सुंदर दृश्य दिखाई देता है, हवाई जहाज से ऊपर उड़ने पर, मैं सोच रहा हूँ कि दो तीन महीने के अंदर ही आप लोगो को हवाई जहाज से सैर कराऊँ।

नहीं बाबु नहीं ! मै तो हवाई जहाज में नहीं जाऊंगी तुम अपने पिता जी को ले जाओ, मुझे तो डर लगता है।

ठीक है, पिताजी आप तो हवाई जहाज से घुमने चलेंगे न ?

हाँ बेटा ! मैं चलूँगा।

ठीक है पिता जी ! एक दो महीने में ही मैं कोई प्रोग्राम बनाता हूँ और हमलोग हवाई जहाज से कहीं चलते हैं।

चमन सोच रहा था कि पिता जी को हवाई जहाज से कहीं ऐसे जगह ले जाऊँ जो यादगार बन जाए। इसके लिए वह पूना से दिल्ली और दिल्ली से बागडोगरा नाथुला बॉर्डर इत्यादि का प्लान तैयार

किया। साथ में अपने बच्चों को भी ले जाने का प्रोग्राम बना रहा था, बस वह देख रहा था कि बच्चों की छुट्टियाँ कब पड़ती हैं उसी हिसाब से टिकट कराऊँ, लेकिन कहते हैं न कि–

"समय गति टाले नाही टरे" चमन इधर हवाई जहाज के टिकट बुक करने के लिए किसी तारीख को निश्चित करने में लगा था लेकिन उधर भगवान कुछ और ही निश्चित कर चुके थे।

चमन अपने ऑफिस से आकर अपने पत्नी से बोले कि अगले महीने बच्चो की दशहरे की छुट्टी में टूर का प्रोग्राम बना रहा हूँ, माता जी तो जहाज से चलेंगी नहीं इसलिए पिता जी और हमलोग कम से कम दस दिन के टूर पर चलेंग।

ठीक है चमन की पत्नी ने कहा उनके दोनों बच्चे भी बहुत खुश हुए। इसी समय उनकी पत्नी चाय लेकर आई दोनों साथ ही बैठकर चाय पीने लगे, चमन ने कहा कि चाय पीकर यही बैठो अभी हवाई जहाज के टिकट बुक कराता हूँ।

ठीक है चमन की पत्नी ने कहा।

चमन लैप टॉप लेकर बैठे ही थे कि–

उनकी मोबाईल की घंटी बजी, चमन ने हेलो कहा तो उधर से आवाज आई – भैया ! पिता जी की तबियत एकाएक खराबी हो गई है, डाक्टर के पास ले गये थे तो डाक्टर ने कहा कि इनका ब्रेन हैमेरेज हो गया है, दवाई दी है चार घंटे हो गये लेकिन कोई फायदा नहीं हुआ।

ठीक है तरुण ! हम लोग सवेरे ही यहां से निकलकर शाम तक घर आ जायेंगे।

चमन शाम को घर पहुंचा तो देखता है कि उसके घर के सामने

भीड़ इकट्ठी है। चमन समझ गया कि उसके दिल की बात दिल में ही रह गई।

चमन के मुंह से बरबस ही निकल पड़ा– "उधो मन की माहि रही"।

चमन को यह पछतावा हो रहा था कि वह अपने पिता को हवाई यात्रा नहीं करा सका। सक्षम होते और चाहते हुए भी जो बात मनुष्य नहीं कर पाता, वही बात समय–समय पर बहुत पीड़ा पहुंचाती है। इसीलिए कहा गया है कि–

मनुष बली नहीं होत है, समय होत बलवान।

•••

आत्मज्ञान

पदम जब दसवीं में पढ़ता था तो उसके हिन्दी के अध्यापक ने बच्चों को समाज और परिवार का महत्व बताया उन्होंने कहा कि यदि माँ–बाप का महत्व समझना है, तो अनाथालय जाओ और अपने जीवन के आखिरी क्षणों को महसूस करना हो तो, वृद्धा आश्रम जाओ।

इस बात का पदम पर इतना असर हुआ कि वह कभी–कभी इन दोनों जगहो पर जाने लगा, अनाथालय जाने से उसे पता चला कि जीवन में माँ बाप की कीमत कितनी होती है और वृद्धा आश्रम जाने से उसे पता चला कि कैसे कुछ बुद्धिहीन, विवेकहीन लोग अपने माँ बाप का उनके बुढ़ापे में घर से निकल देते हैं।

यह जरूरी नहीं कि आदमी उम्र बढ़ने के साथ ही परिपक्व होता है, कभी–कभी इस परिपक्वता का आभास छोटी उम्र में भी होने लगता है। पदम एक ऐसा ही लड़का था, इसीलिए बचपन से ही वह किसी भी बात की गहराई तक जाने और उसे समझने के लिए उत्सुक रहता।

पदम अपनी पढ़ाई करने के बाद अध्यापक की नौकरी करना चाहता था, वह भी प्राइमरी या मिडिल स्कुल में। ताकि बच्चो को पढाई

के साथ ही साथ संस्कार की शिक्षा दे सके क्योंकि वह जानता था कि बिना संस्कार के शिक्षा अधूरी रह जाती है। इसलिए उसने प्राइमरी व मिडिल स्कुल के अध्यापक बनने के लिए अप्लाई किया और संयोग से दोनों में ज्वाइन करने का पत्र आ गया। पदम ने प्राइमरी स्कुल के अध्यापक की नौकरी स्वीकार कर ली क्योंकि वह कहता था कि यही वह सही जगह है जहाँ बच्चों में संस्कार की अच्छी नींव पड़ सकती है।

पदम की इस बात की सब जगह चर्चा होने लगी कि कैसा आदमी है जो ज्यादा पैसो की नौकरी छोड़कर, कम पैसो की नौकरी करने के लिए तैयार हो गया। धीरे–धीरे इस बात की भनक उस जिले के डीएम तक पहुंची जिसके जोन में पदम का स्कुल पड़ता था उसे डीएम ऑफिस बुलाया गया तो उसने प्राइमरी स्कुल में नौकरी करने की अपने उद्देश्यों को बताया। पदम के पढ़ाने और बच्चों में संस्कार की नींव डालने वाली बात सरकार तक पहुंची जिसके लिए उन्हें सरकार की तरफ से प्रशसापत्र भी दिया गया। देखते–देखते पूरा स्कुल पितृदेवो भव की भावना से ओतप्रोत हो गया।

यह "स्कूल पितृदेवो भव" स्कुल के नाम से जाना जाने लगा। जो बच्चे दो चार बार अनाथालय चले गये और वहाँ बच्चो से मिले जुले, बात की उसके बाद तो उनमे विशेष बदलाव आने लगा उन्हें माँ बाप का महत्व अब अच्छी तरह पता चल गया था। अब तो बच्चे अपने आप माता–पिता के पैर छूते उनकी बातो को ध्यान से सुनते, क्योंकि उन्हें माता–पिता की कीमत समझ में आ गई थी।

पदम के जीवन में संस्कार रूपी ज्ञान का ही असर था कि वह हर जगह अपने आत्मज्ञान का ध्यान रखता। वह पढ़ने से लेकर नौकरी करने तक अपने माता–पिता की अच्छी तरह देखभाल करता, यहाँ तक की जब वे बूढ़े हो गये तो उन्हें अपने बच्चों की तरह ध्यान

रखता। जब तक वे जीवित रहे वह उन्हें तीर्थ यात्रा कराने से लेकर हर उस जगह घुमाने ले जाता। जहाँ वह अपने बच्चों व पत्नी को ले जाता। अब पदम के माता पिता काफी वृद्ध हो गये थे लेकिन पदम उनकी देखभाल में कोई कमी नहीं रखता। आखिरकार उसके माता पिता इस दुनिया को छोड़कर चले गये।

पदम भी अब अपने जीवन के चौथे पड़ाव यानि वानप्रस्थ आश्रम के आखिरी छोर पर पहुँच गये थे इसलिए वे अपने भविष्य लोक की कल्पना न करके अपने वर्तमान मे जीते हुए। वे अपने भूत काल की गहराईयों में खो से जाते और अपने जिन्दगी के कुछ पन्ने पलटने लगते। ऐसे ही एक दिन वे एकांत मे बैठे–बैठे कुछ सोच रहे थे कि उनकी आँख लग गई और अपने अतीत मे खो गये...

"आखिर फिर तुमने अपना मुंह बना लिया न ! मैं बार–बार कहता हूँ कि ऐसे बिना बात के मुंह न बनाया करो लेकिन तुम मुंह बनाने का कोई न कोई बहाना ढूंढ ही लेती हो। जब तुम्हारा मन करता बिना वजह के दो चार दिन बात करना बंद कर देती। कभी कभी तो हफ्तो व महीनो तक घर मे मेरे रहते हुए भी, तुम बात नहीं करती, और मुंह फुलाए रहती, मैं कहता कि ऐसा न करो क्योंकि जो समय बीत जाता है वह दुबारा नहीं आता। लेकिन तुम ऐसी हो कि किसी बात का तुम पर कोई असर नहीं होता तुम मेरी बातों को कोई महत्व नहीं देती।

तुम्हारी इस तरह की हरकत का मैं इतना अभ्यस्त हो गया हूँ कि मैने इसे अपने रूटीन में शामिल कर लिया है। सब कुछ ठीक चल रहा होता फिर यकाएक तुम बिना कारण बिना वजह बोलना चालना छोड़कर मुंह बना लेती हो, पता नहीं तुम ऐसा क्यों करती यह मैं यह बात आज तक नहीं समझ सका...

हाँ, मुझे ऐसा लगता है कि तुम हमेशा मेरी हर छोटी–छोटी

बातों/कामों को ध्यान से देखती हा। जब मैं चलता घूमता फिरता हूँ तो तुम मुझे बहुत ध्यान से देखती हो जिससे मुझे ऊर्जा मिलती है। मैं बुढ़ा हो गया हूँ फिर भी तुम चाहती हो कि मै तेजी से पहले की तरह चलूँ, तुम नहीं समझती कि समय और जवानी हमेशा एक जैसी नहीं रहती, समय तो अपने निर्धारित गति से चलता रहता है और मनुष्य अपने पूर्व निर्धारित अवस्था की तरफ बढ़ता रहता है। मैं पहले भी अनेकों बार कहा हूँ कि जवानी मे मनुष्य को न अपनी गलती दिखाई देती है और न उसे अपने बुढ़ापे की चिंता होती है लेकिन मैंने अपनी आँखों से बुढ़ापे की वास्तविक तस्वीर वृद्धा आश्रम में देखा है।

अरे ! तुम खड़ी होकर क्या देख रही हो ? तुम कहाँ जा रही हो ? यही बैठो न! तुम्हारे सामने बैठने पास रहने से मुझे ऐसा लगता है कि कोई शक्ति मुझे मिल रही है जिससे मैं तेजी और फुर्ती से लिखने पढने का काम या और कोई घरेलू काम कर लेता हूँ।

तुम चली गई न ! कोई बात नहीं। मैं जब स्कुल–कालेज का छात्र था तभी से अनाथ आश्रम और वृद्धा आश्रम जाता था वहीं सब देखकर मेरी आँख खुल गई और तभी से मैं जीवन और जीवन के महत्व को समझ गया था यदि किसी को अपने जीवन के आखिरी दिनों का काल्पनिक चित्रण सामने दिखाई दे तो मनुष्य कोई ऐसी गलती नहीं करेगा, जो वह आये दिन करता रहता है क्योंकि उसे आत्मज्ञान का बोध हो जाता है।

मैंने तुम्हें बताया था कि आदमी को अपने आपको समझने के लिए अनाथालय और वृद्धा आश्रम जाना चाहिए जहाँ आत्मज्ञान का बोध आसानी से हो जाता है। मनुष्य ज्यों–ज्यों बुढ़ापे की तरफ बढ़ता जाता है उसके अंग–प्रत्यंग ढीले पड़ने लगते हैं और जब आदमी बिलकुल ही असमर्थ हो जाता है तो वह चाहता/चाहती है कि कोई उससे बातचीत करे या पास में बैठे, तब तक काफी समय निकल गया

होता है। जो आदमी अपने जिन्दगी के शुरुआती दौर में ही यह सब समझ जाता है उसे इस बात का ज्ञान हो जाता है तो वह अपनों जवानी वाली गलतियों को नहीं दुहराता। हाँ ! क्या तुम जानती हो कि मनुष्य के जीवन में दो बार और आत्मज्ञान प्राप्त होता है–

1. मरने के आखिरी क्षण
2. श्मशानघाट जाने पर"

बस, बस आप उठ जाइये ! कब तक सोते रहेंगे ? मैं बहुत देर से आपके पास खड़ी होकर आपकी सारी बात सुन रही थी आप तो ऐसे बोले जा रहे थे जैसे कहीं भाषण दे रहे हों या अपने विद्यार्थियों को यह सब समझा रहे हों।

आप सपने में बोले जा रहे थे जिसे मैंने बहुत ध्यान से सुना। आपने तो मुझे मेरे सपनो से जगा दियां

तुम क्या कह रही हो ? क्या मैं सपने मे बोल रहा था ? मदन ने पूछा।

हाँ, आप बहुत देर से सपने में ही बड़बड़ा रहे थे।

क्या तुम मेरे साम़ने नहीं खड़ी थी ? मदन ने पूछा।

नहीं ! मैं तो यह देखने आई थी कि आप क्या कर रहे हैं लेकिन आज मैं आपको अच्छी तरह समझ गई। आप सपने में कुछ बोल रहे थे और मैं जागते हुए भी अपने सपनो की दुनिया में खोई थी आपने कितने बच्चों में संस्कार की नींव डाल दी। सरकार ने भी आपके विचार और आदर्शो का सम्मान किया लेकिन मैं मूर्ख औरत आपको नहीं समझ सकी, आप मुझे माफ़ कर दीजिये आज मुझे आत्मज्ञान की गहरी अनुभूति हो रही है।

अब जीवन के कितने दिन शेष हैं ? अब आपको एक क्षण का

भी किसी तरह की शिकायत का मौका नही दूंगी, आपने आज मेरे आत्मज्ञान को ही नहीं जगा दिया बल्कि अँधेरे से उजाले में ला दिया। मैं बहुत मूर्ख थी आपको और आपकी बातों को गंभीरता से नहीं लिया जबकि आप बार–बार मुझे सचेत करते रहे। अब आज से कभी भी मैं किसी भी बात पर आपसे नाराज नहीं होऊंगी। मुझे बहुत आत्मग्लानी हो रही है, इसके लिए मै प्रायश्चित करना चाहती हूँ।

"अपनी गलती स्वीकारना और दुबारा उसे न करना ही सबसे बड़ा प्रायश्चित है।"

आप आत्मज्ञान के साक्षात् देव हैं तभी तो आपके पढ़ाये बच्चे भी आत्मज्ञान से भरपूर हैं।

तुम अपनी सपनो की दुनिया से बाहर आ गई। यही बड़ी बात है, यही समझो, जब भी जगे तभी सवेरा इसे ही कहते हैं–

''घर पर देर से सकुशल लौट आना अच्छा है कभी न आने से''

•••

कुर्ता कंधे पर

कामता जी पुराने ख्यालो के आदमी थे उन्हे फिजूलखर्ची बिल्कुल पसंद नहीं थी। कारण यह नहीं कि वे गरीब थे बल्कि हर चीज का अच्छी तरह सदुपयोग करना और उसे बहुत सलीके से संभाल कर रखना उनकी आदत बन चुकी थी, यहाँ तक कि जब वे किसी भी सामान का उपयोग कर लेते तो उसे यथावत संभालकर रख भी देते।

अपने इन्हीं कारणों से वे अपने गाँव व आसपास में मनमौजी बाबा के नाम से विख्यात थे, उनके पास खेती बाड़ी इतनी थी कि दो चार लोग उनके दरवाजे पर रहकर खाते–पीते और वहीं पड़े रहते और कामता बाबा जो कहते वही काम करने चले जाते। कामता जी कि कंजूसी का आलम यह था कि अपने हाथ से किसी को एक रुपया भी नहीं देना चाहते थे। खेती बाड़ी अधिक होने के कारण अनाज के बोरो की छल्लियाँ उनके दरवाजे पर लगी रहती और बनिया व्यापारी आकर उनके घर से ले जाते। इस प्रकार कामता बाबा की आमदनी भी अच्छी हो जाती।

उनकी पत्नी दयालु स्वभाव की थीं इसलिए दरवाजे पर या खेतों में जो भी कोई कुछ काम करता उनसे बिना मिले नहीं जाता

क्योंकि उन लोगों को वे खाली हाथ नहीं भेजती बल्कि उनको पारिश्रमिक के रूप में कोई न कोई अनाज उनको अवश्य देतीं। घर पर काम करने वाली नौकरानी को भी बता रखा था कि हमेशा खाना दो तीन आदमियों का ज्यादा बनना चाहिए, क्योंकि कोई न कोई काम करने वाला आ ही जाता था, यदि किसी दि्न खाना बच जाता तो वह गायों को खिला दिया जाता। कामता बाबा की सम्पन्नता में अपने गाँव में जितना नाम था, उतना ही उनकी कंजूसी में भी बहुत नाम था। सब कुछ होते हुए वे अपने हाथ से पैसा नहीं खर्चा करना चाहते थे।

कामता बाबा की कंजूसी और उनकी पत्नी की दयालुता पूरे क्षेत्र मे चर्चा का विषय बन गयी थी। जब भी किसी को कहीं कोई मजदूरी नहीं मिलती, वह कामता बाबा के दरवाजे पर आ जाता तब कामता बाबा किसी को दरवाजे पर किसी काम में लगा देते तथा किसी को पूरब वाले, किसी को उत्तर वाले, किसी को अपने बड़का बगीचे की फुलवारी में भेज देते। लोग भी खुशी–खुशी काम करते क्योंकि वे जानते थे कि यहाँ काम करना घाटे का सौदा नहीं है, इस प्रकार कामता बाबा खेती बाड़ी ज्यादा होते हुए भी किसी को काम करने के लिए बुलाने नहीं जाते फिर भी पूरे गाँव में उनकी खेती सबसे अच्छी होती।

उनके दरवाजे पर दो आदमी और एक औरत काम करते थे वे बहुत खुश रहते क्योंकि कामता बाबा की कंजूसी को उनकी पत्नी अपनी दयालुता से ढक देतीं किसी को किसी प्रकार की कमी नहीं महसूस होती, वे सब जानते थे कि पैसा न सही अनाज तो मिल ही जाता है।

अपने हाथ से बहुत कंजूसी से पैसा खर्च करने के कारण वे अपने लिए भी ज्यादा कुछ नहीं खरीदते। हाँ ! अपने लिए कहीं आने जाने के लिए एक अच्छा कुर्ता–धोती जरुर रखते थे। जब किसी सभा

या रिश्तेदारी मे जाते तो उसे पहनते और आते ही उसे उतार कर सुरक्षित रख देते, उनकी ऐसी कंजूसी की चहुँ ओर चर्चा होती लेकिन कामता बाबा इसकी परवाह नहीं करते। लोग कहते, बाबा ! अपने लिए पैसा क्यों नहीं खर्च करते, पैसा रखकर क्या करेंगे ? बाबा हंसकर कहते –

पैसा है, तभी तो आप जैसे लोग बिना बुलाये हमारे पास आते हैं, वही नहीं होता तो बुलाने के बाद भी कोई नहीं आता। इसकी धमक ऐसी होती है कि यदि कभी किसी चीज की कमी भी होती है तो वह महसूस नहीं होती क्योंकि मुझे यह मालुम है कि ईश्वर की तरफ से कोई कमी नहीं की गई है यह मेरी मितव्ययितता की वजह से है मेरी कमजोरी नहीं बल्कि मजबूती का आधार है।

कामता बाबा को यदि कभी कहीं 15–20 कि.मी. आना–जाना होता तो वे कुर्ता अपने कंधे पर रखकर पैदल ही चल पड़ते। आज से 40–50 साल पहले आजकल की तरह यातायात के साधन नहीं थे फिर भी गिने चुने लोगो के पास साइकिल, मोटर–साइकिल और कारें होती थीं, लेकिन कामता बाबा के पास इसमें से कुछ भी नहीं था क्योंकि यह सब उन्हें फिजूल खर्ची के साधन लगते थे, वे कहते कि यह सब किसलिए रखना है, मुझे कहाँ जाना है? कहीं जाना भी पड़ता तो पैदल ही चल देते।

एक बार उनके ससुराल में उनके साले साहब के लड़के का तिलक व शादी का निमंत्रण पत्र उन्हें मिला, कामता बाबा की पत्नी ने कहा कि बहुत दिनों बाद आप अपने ससुराल जायेंगे इसलिए अपने लिए अच्छे कपड़े, जूते इत्यादि ले लीजिये। नहीं तो लोग कहेंगे कि पैसा होते हुए भी आप अपने लिए कुछ नहीं खरीदते।

क्यों पैसा फिजूल मे खर्च करना है ? मेरे पास कहीं आने जाने के लिए एक अच्छा वाला कुर्ता है ही और जूता भी पिछले साल लिया

था, उसी से काम चल जायेगा कामता जी ने कहा।

आप नहीं समझते ! पूरे गाँव में आपका नाम है सभी जानते हैं कि आपके पास बहुत खेती है, पैसा है हमेशा दरवाजे पर काम करने वालो का ताँता लगा रहता है। हर तरह के अनाज की छल्लियाँ लगी रहती हैं और आप जब वहाँ एक आम आदमी की तरह जायेंगे तो बड़ी जग हंसाई होगी। इसलिए एक बढ़िया किस्म का कुर्ता–धोती तथा एक जोड़ी बढ़िया वाला जूता ले लीजिये। कामता बाबा की पत्नी ने कहा।

अच्छा चलो ! तुम्हारी बात मान लेता हूँ।

कामता जी पास के बाजार जाकर मटके के कपड़ा का कुर्ता बनवाया, सुपरफाइन की धोती ली और बाटा का बढिया जूता लिया। इस प्रकार उनकी ससुराल जाने की तैयारी पूरी हुई। शादी के दिन सवेरे ही वे तैयार होकर घर से निकल पड़े, क्योंकि उनकी ससुराल उनके घर से 22 कि.मी. दूर थी और उन्हें वहां पैदल ही जाना था। घर से वे कपड़े वाला बनियान पहनकर निकलने लगे और नये मटके के कपड़े वाला कुर्ता अपने कंधे पर रख लिया। उनकी पत्नी ने देखा तो कहा कि कुर्ता पहन लीजिये हमेशा की तरह कुर्ता कंधे पर मत लटकाइए नहीं तो रास्ते मे कोई आपके ससुराल वाला मिल गया तो क्या कहेगा ?

अजी ! छोड़ो इन बातों को ! मै वह सब देख लूँगा।

जैसी आपकी मर्जी, उनकी पत्नी ने कहा।

कामता जी कुर्ता कंधे पर लटकाए हाथ में लाल गमछा लिए अपने ससुराल की तरफ चले, रास्ते में जो भी देखता वह समझ जाता कि बाबा किसी रिश्तेदारी में जा रहे, गाँव से बाहर होते ही कामता बाबा ने जूते हाथ में ले लिये कि कहीं जूते गन्दा न हो जाये, उन्हें

पैदल चलने की आदत तो थी ही इसलिए वे बारह बजते–बजते ससुराल से केवल 3 कि.मी. दूर थे। रास्ते मे कई आदमियों ने उन्हें घूर कर देखा भी कि ये आदमी जूता और कुर्ता हाथ में लेकर क्यों चल रहा है ? इतनी गर्मी भी नहीं, न सड़क ही ख़राब है कि ये महाशय जूता–कुर्ता लटकाये चल रहे हैं। कामता बाबा अपनी धुन में चले जा रहे थे कि उनके ससुराल वालों का पड़ोसी पट्टीदार सामने से आता दिखाई दिया। उसे देखते ही वे पहचान गये वे पहले उससे कुछ कहे कि उसने ही बाबा को प्रणाम किया और पूछा– बाबा आप कैसे हैं ?

हाँ मै ठीक हूँ ! तुम रमेश जी के लड़के हो न !

हाँ बाबा ! चाचा के वहाँ आज शाम को तिलक वाले आने वाले हैं, उन्हीं के लिये कुछ सामान लेने जा रहा हूँ लेकिन बाबा आप कुर्ता कंधे पर और जूता हाथ में लेकर क्यों चल रहे है ? सुहाना मौसम है इतनी गर्मी भी नहीं है।

हाँ रमेश ! मैं अभी थोड़े देर पहले ही निकाला था अब पहनने ही जा रहा था कि तुम दिखाई दे गये।

ठीक है बाबा ! आप चलिए मै अभी सामान लेकर आता हूँ।

कामता बाबा इस बात से लज्जित हो गये फिर जल्दी–जल्दी कुर्ता और जूता पहन कर अपने ससुराल की तरफ बढे, उनके ससुराल का ही एक और लड़का जो पीछे साइकिल से आ रहा था। बाबा को पहचान गया और जाकर उनके ससुराल वालों के घर में बताया कि कामता बाबा पैदल आ रहे हैं, तुरंत कोई वहां मोटरसाइकिल से आया और बाबा को उसपर बैठाकर ले आया। कामता बाबा दो साल के बाद अपने ससुराल आए थे, इसलिए सब लोग उनकी आव भगत में लग गये। कामता बाबा नाश्ता पानी करके बैठे ही थे, साथ में तमाम हित

नातेदार भी उनके इर्द गिर्द बैठे थे। तभी वह लड़का जो उनसे रास्ते में मिला था आ गया, बाबा को देखते ही बोला – बाबा ! मैं साइकिल से था यदि मोटरसाइकिल होती तो आपको यहाँ लाकर छोड़ जाता।

किसी ने पुछा – कहाँ पर मिले थे बाबा ?

नौका टोला पर ! बाबा कंधे पर कुर्ता और हाथ में जूता लिए चले आ रहे थे, तब तक एक दुसरे लड़के ने कहा –आज इतनी गर्मी भी तो नहीं है मौसम कितना बढिया है।

कामता बाबा को काटो तो खुन नहीं, उन्होंने उसी क्षण यह प्रण किया कि आज से जिन्दगी में कभी भी कंजूसी नहीं करेंगे, हालाँकि कामता बाबा ही केवल ऐसे नहीं थे बल्कि आज से 40 –50 साल पहले तक ऐसा काम बहुत लोग करते थे।

समय बदला, युग बदला और कामता बाबा जैसे लोग विलुप्त हो गये और विलुप्त हो गई ऐसे लोगो की चमक–दमक–भनक जिनमें आत्मीयता मानवता कूट कूट कर भरी होती थी ऐसे लोगो में झूठा आडम्बर और दिखावा नहीं होता था।

•••

लालसा

जगन और वरन एक शहर में आसपास रहते थे दोनों पास के प्राइमरी स्कुल में पढने जाते थे। उनकी दोस्ती इतनी प्रगाढ़ हो गई कि एक दिन भी एक दूसरे को देखे बिना उन्हें चैन नहीं पड़ता जबकि जगन एक साधारण परिवार का लड़का था और वही वरन शहर के जाने माने व्यापारी का लड़का था।

बचपन की दोस्ती बड़ी सहज दुनियादारी से बेखबर और निःस्वार्थ होती है। इन दोनों दोस्तों में भी ऐसी ही दोस्ती थी वे कभी कभी एक दुसरे के घर आते जाते, लेकिन दोनों अपनी सीमा को समझते थे, इसलिए उसके बाहर नहीं जाते मतलब दोस्ती केवल दोस्ती थी। वरन न कभी अपनी अमीरी झाड़ता, न जगन उस अमीरी से प्रभावित होता। इस तरह उन दोनों की दोस्ती भी समय के साथ ही साथ मजबूत होती गई। वे दोनों पहली कक्षा से लेकर दसवीं कक्षा तक साथ–साथ पढ़ते रहे और एक दुसरे से मिलते जुलते रहे।

एक दिन स्कुल मे जगन ने वरन से पूछा कि–

कल मैं तुम्हारे घर गया था तो तुम्हारी मम्मी ने बताया कि तुम अपनी दुकान पर गये हो।

हाँ जगन ! मैं कभी–कभी शाम को पापा के पास एक दो घंटे के लिए दुकान पर चला जाता हूँ।

किस चीज की दुकान है तुम्हारे पापा की ?

आटा चक्की की, पापा को घर पर बैठना अच्छा नहीं लगता इसलिए समय पास करने के लिए वे वहाँ जाकर बैठ जाते हैं जबकि हमारे पास पैसो की कमी नहीं है, क्योंकि हमारे दादा जी इस शहर के सबसे बड़े व्यापारी थे। उन्होने बहुत धन दौलत कमायी, ढेर सारी जमीन बगीचे ख़रीदे, ये आलिशान मकान भी उन्होंने ही बनवाया था। तुम्हारे दादा अब क्या करते हैं और कहाँ हैं ?

मेरे दादा जी मेरे जन्म लेने से पहले ही इस दुनिया से चले गये मैंने तो उन्हें अपनी आँखों से नहीं देखा, लेकिन मेरी माँ बताती हैं कि वे शहर के सबसे बड़े व्यापारी थे और दिन रात पैसा कमाने की बात सोचते रहते यहां तक कि पैसो के पीछे वे खाना पीना भी भूल जाते। जब मेरी दादी या कोई नौकर कहता कि आप अब भोजन कर लीजिये तो कहते कि भोजन तो जिंदगी भर करना है लेकिन पैसा जिंदगी भर नहीं कमाया जा सकता।

इसका मतलब तुम्हारे दादा जी बहुत बड़े व्यापारी होते हुए इस शहर के जाने माने प्रतिष्ठित लोगो मे से थे। जगन ने पूछा।

नहीं दोस्त ! वे बड़े व्यापारी तो जरुर थे लेकिन किसी के लिए दो कदम चलना या किसी सार्वजनिक कामों में हिस्सा लेना समय की बर्बादी समझते थे।

तो क्या वे समय अपने साथ ले गये ?

नहीं जगन ! वे अपने साथ समय को नहीं ले गये परन्तु समय ही उन्हें समय से पहले ले गया।

क्या मतलब ?

मतलब यह कि असमय का खान पान और समय से न उठने बैठने का उनके स्वास्थ्य पर बुरा असर पड़ा और वे पेट की बीमारी से ग्रसित हो गये जिसकी वजह से वे समय से बहुत पहले ही इस दुनिया से चल बसे। मेरी माँ बताती है कि मेरे दादा जी उनकी भी बात नहीं सुनते थे वे कहते कि बहू ! यह काम करने और कमाने का समय है, खाने और आराम करने के लिए तो जिन्दगी पड़ी है। डाक्टरों ने बहुत कोशिश की लेकिन वे मेरे दादा जी को नहीं बचा सके और वे इस दुनिया से 60 साल की उम्र में सब कुछ यहीं छोड़कर चले गये।

तो तुम्हारे पिता जी, तभी से ये आटा चक्की चलवाते हैं ?

नहीं जगन ! इसके पीछे भी एक लम्बी कहानी है।

वो क्या ?

दादा जी के पैसो धन दौलत का मेरा पिता जी ने खूब आनन्द लिया और उसी के पीछे उन्होंने नौवीं के बाद पढाई भी छोड़ दी वे दिनभर इधर उधर घूमते हर साल या दुसरे साल मोटरसाइकिल और कार बदल देते, माँ के कहने का भी उनपर कोई असर नहीं होता परिणाम यह हुआ कि उनकी मोटरसाइकिल का एक्सीडेंट हो गया जिससे उनके बायें पैर की हड्डी टूट गई जिसमे रॉड पड़ी है।

ओहो ! इसीलिए तुम्हारे पिता जी को चलने में दिक्कत है।

हाँ, जगन ! कल सन्डे है, मैं माँ से पुछकर तुम्हें अपने खेतों और बगीचों को दिखाने ले चलूँगा।

तुम्हारे खेत और बगीचे कहाँ हैं ?

यहाँ से 5–6 कि.मी. दूर रेलवे लाइन क्रॉस करके।

तो हम उतनी दूर कैसे जायेंगे ?

माँ से बोलकर मैं कार और ड्राईवर ले लूँगा।

दुसरे दिन जगन और वरन ड्राईवर के साथ खेत व बगीचे देखने गये। बगीचा बहुत बड़े क्षेत्र में फैला था, जगन ने अभी तक इतना बड़ा बगीचा नहीं देखा था, एक तरफ आम के सैकड़ो पेड़ दूसरी तरफ लीची के सैकड़ो पेड़ और अमरुद, अनार, आंवला इत्यादि के बहुत सारे पेड़। जगन यह सब देखकर भौंचक्का रह गया और पूछा कि ये सब पेड़ किसने लगाये थे ?

दोस्त ! ये सब मेरे दादा जी ने लगवाए थे लेकिन मेरी माँ बताती है कि वे इन सबका आनन्द नहीं ले सके क्योंकि पेट की बीमारी के कारण वे घुमने–फिरने और खाने पीने मे असमर्थ थे। ये बगीचे के चारो तरफ जो फेंसिंग देख रहे हो वह मेरे पिता जी ने बनवाया थी। ये जगह–जगह जो पम्पिंग सेट देख रहे हो और यह दो कमरों का मकान जिसमे नौकर रहते हैं, पिताजी ने अपनी देख रेख में बनवाया था।

इतने सारे आम, लीची और दुसरे फल जब पकते हैं तो उसे क्या करते हो ?

वे सब बेच देते हैं, उधर चलो ! अपने खेत दिखाता हूँ। वो देखो! यहाँ से लेकर वो दूर जो एक कमरा जैसा दिखता है वहाँ तक हमारे खेत हैं। पिता जी अब इन सबकी देखभाल नहीं कर पाते और मुझे ही अभी से सब जगह जाना पड़ता है। इन बाग बगीचों और खेतो से इतना पैसा मिल जाता है कि हमें कुछ काम धंधा करने की जरूरत नहीं। लेकिन पिता जी समय पास करने के लिए दुकान खोलकर बैठे हैं लेकिन....

लेकिन क्या वरन ?

जगन, मेरे दोस्त ! मैं तुमसे क्या बताऊँ, क्या छिपाऊँ समझ में नहीं आता ?

क्या हो गया ? मुझे बताओ।

पिता जी कहते हैं कि तुम अपनी जमीन, धन दौलत और सम्पत्ति को ही सम्भाल लो तो तुम्हें जिन्दगी में कहीं कुछ करने की जरूरत नहीं इसलिए मैंने सोचा है कि इस साल दसवीं की परीक्षा मैं नहीं दूंगा, लेकिन इसकी पूर्ति अपने बच्चो को खूब पढ़ा लिखाकर करूंगा।

इसके बाद जगन किसी दुसरे शहर मे पढ़ने चला गया और पढ़ने के बाद किसी सरकारी नौकरी में। करीब 30 –35 साल बीत जाने के बाद जगन को अपने दोस्त वरन की याद आई और वह उससे मिलने उसके घर पहुँच गया। वरन के घर के बाहर लगी बेल को जगन ने बजाया तो एक नौकर आया और कहा कि साहब अभी आराम कर रहे हैं, और दो घंटे बाद ही उनसे मुलाकात हो सकती है।

जगन ने कहा – साहब से कहना कि उनके बचपन के दोस्त जगन आये हैं।

नौकर ने जाकर वरन से कहा कि साहब ! आपके बचपन के दोस्त जगन आये हैं।

यह सुनते ही वरन तेजी से बाहर आया और पूछा अरे जगन मेरे दोस्त ! तुम्हे कैसे मेरी याद आ गई ? मेरे दोस्त ! और वह जगन के गले लिपट गया। इस प्रकार बचपन के दोस्त बहुत ही आत्मीयता से मिले और अपनी–अपनी राम कहानी एक दूसरे को सुनाने लगे।

जगन ने बताया – उसके दो बच्चे हैं, और उनकी शादी भी कर दी है, और वे दोनो सरकारी नौकरी में हैं और वहीं अपने बाल बच्चो को साथ रखकर पढाते हैं, वे हर महीने या दुसरे महीने हम लोगों के पास आते रहते हैं।

वरन ने बताया कि उसकी दो लड़कियां और एक लड़का है

और उन सबकी शादी ब्याह हो गया है। लड़का अमेरिका में पढने गया और वही पर किसी अच्छी नौकरी में लग गया। उसे अमेरिका की नागरिकता भी मिल गई और उसने वहीं पर बहुत बड़ा मकान खरीद लिया है, अच्छा पैसा कमाता है, हम लोगो से कहता है कि आप लोग वहाँ की सारी जमीन जायदाद डिस्पोजऑफ़ करके यहीं आ जाइए। अब तुम्हीं बताओ की इतना बड़ा साम्राज्य हमलोग कैसे छोड़ दें ? यही कहते हुए वरन ने अपने आंखो पर लगा चश्मा उतारा जिसे देखते ही जगन चौंक गया और बोला––

वरन ! ये तुम्हारी आँखों को क्या हो गया है ?

अरे दोस्त ! इन्हीं धन दौलत और सम्पत्ति की देखभाल करने में मैं अपनी देखभाल करना भूल गया।

तो इसका इलाज क्यों नहीं कराते ?

बहुत ईलाज कराया मेरे दोस्त ! अमेरिका भी गया था लेकिन डाक्टर ने मना कर दिया कि अब इन आँखों का कुछ भी नहीं हो सकता। अब तो कहीं आ जा भी नहीं सकता दिन रात घर पर बैठा रहता हूँ। लड़कियां कभी कभार आ जाती हैं, लड़का भी तीन साल पहले आया था और कहने लगा कि अब यहाँ की मोह माया छोडिये और अमेरिका चलिए लेकिन हम लोगो ने मना कर दिया कि हमलोग अपनी मातृभूमि को नहीं छोड़ेंगे और यही जियेंगे यहीं मरेंगे।

मेरे दोस्त ! मुझे तो बहुत दुःख हो रहा है यह सब देख सुनकर। ऐसी भी धन–दौलत, सम्पत्ति किस काम की जो सुख का कारण न होकर दुःख का कारण बन जाये। यह तो मैने सुना था कि धन की कमी से लोग दुःख भोगते हैं लेकिन आज मैं अपनी आँखों से देख रहा हूँ कि अत्यधिक धन के मोह में भी लोग दुःख भोगते हैं। इसीलिए तो कबीर दास जी ने कहा है –

"साईं इतना दीजिये जामे कुटुंब समाय,
मैं भी भूखा न रहूँ साधू न भूखा जाय"।

मनुष्य को धन दौलत की लालसा इतनी भी नहीं करनी चाहिए कि उसके पीछे वह अपना जीवन ही बर्बाद कर दे।

•••

अपंग आश्रम

एक अपंग किसी रेलवे स्टेशन पर पिछले 15–16 सालों से बैठता था और वहीं रात में कुछ खाकर सो जाता। वह दोनों पैरों व एक हाथ से पूर्णरूपेण विकलांग था जबकि उसका दूसरा हाथ थोड़ा बहुत हिलता था जिसके सहारे वह अपना कुछ काम कर लेता। अपनी विकलांगता के कारण वह किसी दुसरी जगह नहीं जा पाता।

वह हाथ पैर से विकलांग, लेकिन दिमाग से बहुत तेज तर्रार था। वह आने–जाने वालो को दूर से ही देखकर समझ जाता कि कौन कुछ देने वाला है। वह यह भी समझ जाता कि कौन उसे नफरत की नजर से और कौन दया की नजर से देखता है।

जहाँ वह बैठता था, वहीं पर एक छोटी सी पान की दुकान थी जो कभी–कभी गाने और समाचार के साथ हर महीने होने वाली प्रधानमंत्री मोदी जी की 'मन की बात' सुनता सुनाता। पास में बैठा अपंग भी हर महीने मोदीजी के मन की बात को बड़े ध्यान से सुनता। पिछले महीने में मोदी जी की "मन की बात" शुरू हुई और दो चार लोग उस पान की दुकान पर इकट्ठे हो गये। अपंग लड़का भी कान लगाकर सुनने लगा और मोदी जी की यह बात उसे बहुत ही अच्छी लगी–

"भाइयो और बहनों ! हमारी सरकार केवल यहीं तक नहीं सोचती और करती बल्कि हमने विकलांग लोगों के लिए भी अनेको योजनायें शुरू की हैं जिसका फायदा विकलांग लोग भी उठा सकते हैं। मैं यह चाहता हूँ कि आप नौकरी लेने वाले न बने बल्कि नौकरी देने वाले बने, हर आदमी को जो कहीं भी किसी हालत में हो हमेशा ऊँची सोच रखनी चाहिए तथा उसी के अनुरूप अपना सर्वश्रेष्ठ करना और दिखाना चाहिए।"

प्रधानमंत्री जी के पूरे भाषण में उपरोक्त बात उस अपंग के दिमाग में घुमने लगी। अब वह अगली सुबह के होने का इंतजार करने लगा कि कब वह साहब आयेंगे और उसे एक रुपया देंगे और पूछेंगे कि "कैसे हो"। इसी सोच में वह रात भर बेचैन रहा और उसे ठीक से नींद नहीं आई जबकि प्रतिदिन रात होते ही वह पास के होटल में घिसटकर जाता और पैसे देकर कुछ खाता फिर अपनी पुरानी जगह पर घिसटते हुए आकर सो जाता।

सवेरा होते ही वह अपने स्थान पर नित्य की भांति बैठ गया और उसकी निगाह किसी और की ओर नहीं बल्कि उस साहब का इंतजार करने लगी कि कब वो साहब आयेंगे। वह यह सब सोच ही रहा था कि एक साहब आये उसे एक रुपया देकर पूछा कि कैसे हो ? साहब ! यही सब बताने के लिए आज मैं आपका इंतजार कर रहा था।

क्या बताना है ?

साहब ! आज मुझे अपना 5–10 मिनट समय दीजिये, आपसे कुछ खास बात करनी है।

बात तो मुझे भी तुमसे करनी थी लेकिन आज ड्यूटी जा रहा हूँ। कल सन्डे है, कल आऊंगा तो हम बात करेंगे साहब ने कहा।

सन्डे को साहब अपने नियत समय से थोड़ा देर से आये और भिखारी के लिए नाश्ता–खाना भी साथ लाये और बोले कि यह लो पहले नाश्ता कर लो फिर यह दोपहर मे खा लेना।

साहब ! आपने यह कष्ट क्यों उठाया ?

कोई बात नहीं, नाश्ता करो और अपने बारे में कुछ बताओ।

साहब ! मैं अपने बारे मे क्या बताऊँ मुझे तो खुद भी कुछ पता नहीं है।

यहाँ कब आये, यहाँ कौन लाया, तुम्हारे माँ बाप कौन हैं, और कहाँ हैं ?

साहब ! आप पहले आदमी हैं जो यह सब पूछ रहे हैं, यहाँ पर मैं पिछले करीब 15 सालों से रह रहा हूँ और हर रोज इस रास्ते कम से कम 5–6 हजार आदमी आते जाते हैं लेकिन किसी ने आज तक कुछ नहीं पूछा। हाँ कभी–कभी कोई कुछ खाने को जरुर दे देता है। साहब ! आज पहली बार अपनी राम कहानी आप को बताता हूँ–

"एक बार मेरी माँ ने पिता जी से कहा कि कल लड़के का चौथा जन्मदिन है इसे इस साल से मनाते हैं तो पिता जी ने कहा कि किस खुशी में इस अपंग का जन्मदिन मनाओगी ? तब मैं समझा कि मेरी उम्र चार साल की है उस समय मैं कुछ भी नहीं बोल पाता था लेकिन सब कुछ समझता था दोनों पैर और एक हाथ तो अविकसित थे ही, हिलते डुलते भी नहीं थे एक यह हाथ थोड़ा बहुत हिलता था। मेरी ऐसी हालत देखकर मेरे माँ बाप बहुत दुखी रहते थे। उनका घर बहुत बड़ा था घर में नौकर चाकर भी थे, एक दिन मेरे पिता ने मेरी माँ से कहा कि इस अपंग को हम कबतक ढोयेंगे, क्यों नहीं इसे किसी अनाथालय में छोड़ दें तो मेरी माँ ने कहा कि ऐसा कैसे कर सकते हैं, मैं ऐसा नहीं करने दूंगी।

उसके कुछ दिनों बाद एक रात को वे मुझे लेकर किसी दूर की यात्रा पर जाने की बात करने लगे रास्ते में मुझे नींद लग गई कुछ देर बाद जब मेरी नींद खुली तो मैं अपने आपको एक झाड़ियों में पाया। डरकर मैं रोने चिल्लाने और माँ–माँ करने लगा लेकिन रात के अँधेरे में उस सुनसान जगह पर मेरी कौन सुनने वाला था। इस घटना से ऐसा हुआ कि मेरी आवाज खुल गई और मैं बोलने लगा। जब सूर्योदय हुआ तो मैं घिसकते घिसकते यहाँ आ गया।"

इसके बाद तो लोग मुझे भिखारी समझ कर मेरे सामने कुछ सिक्के डाल देते, कोई कभी रोटी दे देता तो कोई दयालु बनकर मेरे सामने केला या बिस्कुट फेंक देता। साहब ! अबतक की मेरी यही जीवन कहानी है।"

मुझे बड़ा दुःख हो रहा है यह सब जानकर क्या मनुष्य इतना निर्दयी हो सकता है कि वह अपने ही चार साल के बच्चे को झाड़ियो में फेंक दे? तुम्हारा नाम क्या है और तुम मुझसे क्या बात करना चाहते थे ?

साहब ! मुझे अपना नाम तो नहीं मालूम लेकिन पिता जी को एक दो बार अपंग कहते सुना था। मेरे हाथ पैर तो ठीक से नहीं काम करते यह हाथ थोड़ा बहुत हिलता डुलता है, लेकिन मेरी सोचने समझने की शक्ति अच्छी है मेरा दिमाग किसी चीज को जल्दी समझने की शक्ति रखता है। यहाँ पर मैं एक भिखारी के रूप में जरुर बैठा हूँ, लेकिन आज प्रधानमंत्री जी की "मन की बात" से बहुत प्रभावित हूँ जिसमें उन्होंने आज कहा कि हर आदमी को जो जहाँ भी जिस हालत में है, हमेशा ऊँची सोच रखनी चाहिए। उन्होंने यह भी कहा कि मेरी सरकार विकलांगो के लिये भी अनेको योजनाये लेकर आई है।

हाँ ! मैं भी तुमसे यही कहने वाला था, क्यों नहीं तुम भी इन

योजनाओ का लाभ उठाओ ? मैं बैंक में मेनेजर हूँ इसमें तुम्हारी कुछ मदद भी कर सकता हूँ।

साहब ! आपने इतना कहकर मेरा दिल जीत लिया मुझे अब लगने लगा है कि भगवान ने आपको मेरे पास इसीलिए भेजा है कि जो मेरे मन में ऊँची सोच है उसके तरफ आगे बढ़ सकूँ। यही बात आज प्रधानमंत्री जी ने भी 'मन की बात' में रेडियो प्रसारण में कही थी। मैं हर महीने मोदी जी की 'मन की बात' का रेडियो प्रसारण इस पान वाले की दुकान पर रखे रेडियो से बड़ी ध्यान से सुनता हूँ।

तुम्हारी ऊँची सोच क्या है ?

साहब ! मैं चाहता हूँ कि सबसे पहले अंपगो के लिए एक मन्दिर का निर्माण कराऊँ उसके बाद उनके लिए एक स्कुल खोलूँ और उसके बाद अपंगो के लिए एक हॉस्पिटल का निर्माण कराऊँ।

वाह ! तुम्हारी सोच तो बहुत ऊँची है लेकिन इसके लिए बहुत पैसे लगेंगे, वह तुम यहाँ बैठकर कैसे करोगे ?

साहब ! आप जैसे लोगो का सहयोग रहेगा तो वह सब होगा मैं अपनी पूरी कोशिश करूँगा।

कैसे करोगे ?

सबसे पहले तो आप मेरा अकाउंट खोलवा दीजिये उसके बाद मैं UPI को अपने पास सामने रखूंगा और उसपर लिखवा दूंगा –

"भीख नहीं दान दीजिये"

जो लोग भीख के रूप में मुझे कुछ देते हैं उनसे प्रार्थना करूँगा कि जो कुछ भी दें, इस खाते में दें। पिछले 15 सालो से मैं यहाँ पर बैठा जरुर हूँ, लेकिन आजतक किसी के सामने हाथ नहीं फैलाया, कुछ लोग अपने आप सिक्के या खाने के लिए रोटी दे देते थे उसी से

मेरा काम चल जाता था, लेकिन अब तो परोपकार के लिए हाथ भी फैलाऊंगा, लोगो से दान देने के लिए प्रार्थना भी करूँगा।

वाह ! क्या ऊँचे तुम्हारे विचार हैं। ठीक है, कल मैं यहीं पर एक आदमी को भेजूंगा वह तुम्हारा अकाउंट खुलवा देगा और तुम्हे जो कुछ भी मदद चाहिए वह सब तुम्हारे लिए करेगा।

दुसरे दिन बैंक से एक आदमी आया तो उसके सामने अपंग लड़के ने पैसो से भरा मिट्‌टी मे। लिपटा एक दस लिटर का प्लास्टिक कंटेनर दिया और कहा – साहब ! यही मेरी 15 सालो की कमाई है।

बैंक कमचारी दुसरे दिन आकर अपंग लड़के को बैंक का पास बुक और UPI कोड़ बनवाकर दिया तो लड़के ने कहा कि साहब ! इस पर लिखवा दीजिये कि––

"कृपया भीख नहीं दान दीजिये"

सबसे पहले बैंक के उस साहब ने उसके अकाउंट में UPI के द्वारा 5,000 रूपये डाले। जिसमे पहले से ही ग्यारह हजार कुछ रूपये पड़े थे। आने जाने वाले लोग जब उस लड़के को और उसकै सामने UPI कोड देखते तो दंग रह जाते, और पूछते कि यह क्या है, तो वह बताता और कहता– साहब ! कोड खोलकर देख लीजिये।

उसका ऐसा करना लोगो को अद्‌भुत और आश्चर्यजनक लगने लगा। जब कुछ लोग UPI कोड खोलते तो देखकर चकित हो जाते जिसपर लिखा था– "अपंग ट्रस्ट"। अनेकों लोग पुछते कि यह अपंग ट्रस्ट क्या है तो वह अपने सपनो को उनके सामने रखता, बताता तथा जो लोग नहीं भी पूछते व उसके अकाउंट में पैसा डालते उन्हें भी वह सारी बातें बताता।

इस प्रकार उस अपंग लड़के की ख्याति दिन प्रतिदिन बढती गई और उसके अकाउंट में बहुत पैसे हो गये। उसने अपने बैंक वाले

साहब से कहा कि मंदिर बनवाने के लिए कोई जगह दिलवा दीजिये अब मंदिर बनवाने का काम शुरू करना है और आप ही भूमि पूजन भी कीजियेगा।

इस प्रकार "अपंगों का मंदिर" बनकर तैयार हो गया। उस अपंग लड़के की इस नई सोच की लोग दाद देते और उसके अगले उद्देश्य "अपंग स्कुल" और "अपंग हॉस्पिटल" के लिए भरपूर सहयोग करने लगे दान देने लगे।

•••

अंतिम दृश्य

एक बहुत ज्ञानी संत थे। वे कथा वार्ता करने में ऐसे प्रवीण थे कि लोग उन्हें सुनने बहुत दूर–दूर से आते और जबतक उनकी कथा चलती तबतक लोग शांतचित्त होकर उन्हें सुनते।

उनकी विशेषता थी कि वे किसी भी प्रसंग पर चर्चा उसके अंतिम चरण से शुरू करते और आखिर में वे पहले प्रसंग पर आते, चाहे वह रामायण, गीता, महाभारत या किसी भी शास्त्र की बात हो। उनके इस विशेष शैली और कहने के ढंग को लोग बहुत ही सराहना करते, अपने इन्ही गुणों के कारण वे संत बहुत चर्चित हो गये।

एक बार वे अपने प्रवचन के आसन पर बैठे और कहने लगे–

भाइयो और बहनों ! आज हम श्रीराम कथा में उनके जीवन की अंतिम दिनों के दृश्यो की चर्चा करेंगे जिन्होने भगवान होते हुए भी मानव रूप में जन्म लेकर हमलोगो को जीवन रूपी नैया को खेने के लिए राह दिखायी और हम सबके प्रेरणा श्रोत बने, और बोले–

श्रीराम भगवान होते हुए भी उनके जीवन का अंतिम दृश्य कैसा रहा, कैसे वे इस दुनिया से विदा हुए ? श्रीराम ने भाई लक्ष्मण की जल समाधि से आहत होकर जल समाधि ले ली। वे सरयू नदी के अंदर

गए और जल समाधि लेकर भगवान विष्णु का अवतार ले लिया, इस तरह मानव शरीर त्याग कर बैकुंठ धाम चले गये। कल्पना करें कि श्रीराम के जीवन के अंतिम दिनों का दृश्य कितना हृदय विदारक रहा होगा।

इस प्रकार भगवान होते हुए भी उन्होने कितने कष्ट सहे केवल इसलिए कि वे हम मानव को यह बता सकें कि यह संसार सुख का ही नहीं परन्तु दुःख का भी डेरा है। इस संसार रूपी स्टेज पर तरह तरह के कृत्यों को करना पड़ता है, सुख–दुःख झेलते हुए ही अपने अंतिम यात्रा पर जाना होता है।

राम भगवान होते हुए भी मानव रूप में जन्म लिए जानते है क्यों ? क्योंकि उन्हें दो काम करने थे –

पहला उन्हें दुष्टों, राक्षसों का संहार करना था।

दूसरा हम मनुष्यों को सही राह दिखानी थी।

लेकिन हम मानव रूप में जन्म लेकर अपनी–अपनी दुनियादारी में खो गये और अपने कर्तव्य पथ से भटक गये हैं। मनुष्य झूठ, फरेब, चोरी, लूटखसोट, धन इकठ्ठा करने में इतना व्यस्त हो गया कि वह इन्ही में आकंठ डूब गया इस तरह आकंठ डूब जाने से उसे सही गलत, छोटे–बड़े हित एवं माता–पिता को याद करने का समय ही नहीं मिलता। वह केवल अपने बाल–बच्चों और पत्नी तक सीमित होकर रह जाता है, जबकी उसे यह भी नहीं पता होता कि उसके अंतिम समय न वह धन दौलत काम आएगी न उसका कोई अपना। सब कुछ इसी धरा पर ही धरा रह जायेगा साथ कुछ नही जायेगा।

महात्मा जी ! हमसब अपने जीवन के अंतिम दिनों के दृश्यों को कैसे और किस तरह याद रखें ? एक वृद्ध व्यक्ति ने पूछा ।

हाँ बाबा ! आपने बहुत सही प्रश्न किया।

इसीलिए तो मैं कहता हूँ कि यदि हमें अपने जीवन के अंतिम दिनों का हमेशा आभास होता रहे तो हम सब जो आज हाय–हाय कर रहे हैं वह नहीं करेंगे।

लेकिन महात्मा जी ! हम अपने अंतिम समय को कैसे हमेशा याद करते रहे? उन्हीं वृद्ध व्यक्ति ने पुनः पूछा।

हाँ, इसका सबसे सरल उपाय है कि नित्य सवेरे उठते ही भगवान का नाम लें और यह कल्पना करें कि हो सकता है कि आज का दिन ही हमारे जीवन का आखिरी दिन हो। जब मनुष्य उठते ही ऐसा सोचेगा तो वह जो भी काम उस दिन करेगा बहुत सोच समझकर करेगा। अंतिम दिन का डर मनुष्य को सदमार्ग पर ले जाने के लिए प्रेरित करेगा। जब यह डर बना रहेगा तो मनुष्य कोई भी गलत काम करने से बचेगा।

इसका कारण यह है कि जब मनुष्य की मृत्यु की अंतिम घड़ी आ जाती है तो आखिरी क्षणों में उसे अपने जीवन में किये गये सारे अच्छे बुरे काम चलचित्र की भांति स्पष्ट दिखाई देने लगती है और उस समय मनुष्य कुछ कहने, बोलने में समर्थ तो नहीं होता लेकिन उसका अंदरूनी आत्मज्ञान जागृत हो जाता है और उसे अपने जीवन में की गई सभी अच्छाईयां, बुराईयाँ स्पष्ट दिखाई देने लगती है जिसे वह महसूस करता है ।

यही वह समय होता है जब आदमी को अपने किये गये अच्छे कर्मो से संतोष और बुरे कर्मो से बेचैनी होने लगती है। इस समय मनुष्य के मन में द्वन्द छिड़ जाता है और उसके जीवन में जिस किसी भी कर्म की अधिकता होती है वैसे ही उसका मन मस्तिष्क काम करने लगता है। हममें से बहुत से लोगो ने देखा होगा कि कुछ लोग मरते समय निर्जीव निढाल हो जाते हैं वे अपने अच्छे कर्मो को याद करके अपने आपको भगवान को समर्पित कर देते हैं, और कुछ लोग मरते

समय काफी बेचैन होकर चीखते चिल्लाते हैं अपने बुरे कर्मो का चलचित्र देखकर घबराते, रोते गाते हैं ।

जीवन के अन्तिम समय में वह धन, दौलत, कोठी, बंगला, जमीन, जायदाद, बाल बच्चे न कुछ याद आते हैं न साथ जाते हैं, तो गुमान किसका ? जो भी धन दौलत यहाँ कमायी है वह सब कुछ आपका साथ नहीं देंगे न आपके किसी काम के हैं। साथ में जायेगा तो मनुष्य द्वारा किया गया अच्छे बुरे कर्म जिसका फल ऊपर जाकर भोगना होगा। कर्म के अनुसार ही पाप पून्य का निर्धारण होता है और वह कर्म करते ही भगवान के दरबार में आपके बही खाते में लिख दिया जाता है।

तय तिथि और समय के अनुसार जब ऊपर से बुलावा आता है तो दुनिया की कोई ताकत मनुष्य को एक क्षण के लिए भी इस धरती पर नहीं रोक सकती और ऊपर पहुँचते ही मनुष्य के बही खाते में लिखे गये पाप पुन्य के अनुसार सबके लिए अलग–अलग दरवाजे होते हैं जिससे होकर मनुष्य को गुजरना पड़ता है।

इसीलिए जो भी कर्म करो सोच विचारकर समझबुझ कर करो क्योंकि कहते हैं–

"बिना विचारे जो करे सो पाछे पछताय"

मनुष्य जब इतना समझ लेगा कि उसके जीवन का अंतिम दृश्य ऐसा होगा जब उसके साथ कुछ भी नहीं जायेगा। धन–दौलत, बाल बच्चे, परिवार सब यहीं पर छूट जायेगा तो वह अपनी बुद्धि, ताकत को अच्छे कर्मो की तरफ लगाएगा तथा समय–समय पर उस परम पिता परमेश्वर को याद करता रहेगा। वह कोई भी ऐसा कर्म नहीं करेगा जिससे देश समाज या किसी व्यक्ति विशेष को कष्ट हो। पारिवारिक जिम्मेदारियो का निर्वहन करते हुए मनुष्य अपने समाज और राष्ट्र के

प्रति भी अपनी जिम्मेदारियों का भलीभांति पालन करता रहेगा।

हम लोग आये दिन देखते रहते है कि बहुत से लोगो के पास अथाह धन दौलत होता है, लेकिन वे कभी भी किसी दीन दुखिया की मदद नहीं करते वे अपनी मुट्ठी बांधे रहते हैं और वह मुट्ठी खुलती है जब वे उपर जाते हैं। यहाँ तक कि बहुत से माफिया, देशगद्दार, गलत तरीके से अथाह धन दौलत कमा करके अकूत धन के मालिक होते हुए भी बेमौत मारे जाते हैं। उनका चोरी, लूट और भ्रष्टाचार से कमाया धन उनके किसी काम का नहीं रहता।

जो भगवान श्रीराम जन्म लेकर बाल क्रीडा करते हैं जिनके हाथ से कौवा रोटी लेकर खाता है, वे चारो भाई साथ–साथ खेलते–पढ़ते और शिक्षा प्राप्त करते हैं वही श्रीराम अपने पत्नी और भाई लक्ष्मण के साथ 14 वर्ष के लिए वनवास भी जाते हैं। रास्ते में शबरी के बैर खाते हैं और अहिल्या जो पत्थर हो गई थी, उसे भी तारते हैं। ऐसे श्रीराम के मरने का अंतिम दृश्य कैसा रहा यह हमलोगों सुना। जब मर्यादा श्रीराम दुसरो के तारणहार सरयू नदी में जाकर अपनी मानव लीला समाप्त करते हैं तो हम मनुष्यों को किस बात का गुमान अंहकार ?

इसलिए, आज की कथा से यहीं निष्कर्ष निकलता है कि मनुष्य को अपने जिन्दगी के आखिरी क्षण के अंतिम दृश्यों को बार–बार प्रतिदिन याद करना चाहिए जिससे उसके द्वारा कोई गलत काम न हो सके। जीवन की अंतिम सच्चाई अंतिम दृश्य को हमेशा याद करते रहें साथ ही समय–समय पर भगवत भजन करते रहें, जो जीवन का सार है, सत्य है, और सुंदर है।

•••

भारत गौरव

जगत के पिता जयराम जी एक गाँव में प्राइमरी स्कुल के अध्यापक थे। वे अपने पिता की तरह सज्जन भगवत प्रेमी संस्कारिक और मिलनसार थे। वे नित्य प्रति स्नानादि के बाद घंटों पूजा पाठ करते उसके बाद अपनी दो गायों की ब्रश से सफाई व मालिश करते अपने हाथों उन्हें चारा खिलाते, उसके बाद स्कुल पैदल ही जाते जो उनके घर से पांच किलोमीटर दूर था।

जयराम जी की पत्नी कहती कि जिन्दगी भर आप अपने पिता जी की तरह सीधे–साधे ही रहेंगे आपके साथ वाले महीने मे एक दो बार स्कुल जाते हैं, और आप हैं कि एक दिन भी नागा नहीं करते। आपको क्या मिल जाता है इतना मेहनत और ईमानदारी करके ? आपके साथ के लोगों ने मोटरसाइकिल और कार तक ले ली और आप एक साइकिल भी नहीं ले सके।

मुझे अपने ग्यारह नम्बर पर भरोसा है, जब चाहो, जहाँ चाहो बेफिक्री से चल दो।

इसीलिए तो आपका लड़का भी आपकी ही तरह होता जा रहा है।

तो उसमे नुकसान ही क्या है ?

नुकसान तो कुछ भी नहीं, लेकिन जिन्दगी भर केवल मेहनत ईमानदारी करते रहो इसके अलावा कुछ नहीं कर सकते।

अरे भाग्यवान ! इसके अलावा कुछ करने की जरूरत ही क्या है ? जानती हो ! सच्चाई का फल तुरंत नहीं दिखाई देता लेकिन भविष्य में इसके अच्छे परिणाम होते हैं। सच्चाई ईमानदारी पहचानी जाती है तभी तो सरकार की तरफ से दो बार मुझे "राष्ट्रीय श्रेष्ठ शिक्षक" का मान सम्मान और पुरस्कार मिला है।

इससे कितने दिन पेट भरेगा ? जयराम जी की पत्नी ने कहा।

तुम नहीं समझती हो इससे कितनी संतुष्टि मिलती है।

अभी कष्ट सहो और भविष्य के सुनहरे सपनो मे गोते लगाते रहो ! यही है आपकी जिन्दगी, जयराम जी की पत्नी ने कहा।

ऐसी बात नहीं है हमलोग जो अच्छे कर्म करेंगे उससे हमें तो संतोष मिलेगा ही उस अच्छे कर्म का फल हमारे बाल बच्चो को मिलेगा।

यह बात चल ही रही थी कि जगत भागता हुआ आया और बोला—

माँ ! मेरा क्लास वन सीक्रेट सर्विस में चयन हो गया जिसके इंटरव्यू के लिए पिछले हफ्ते मैं दिल्ली गया था।

वाह बेटे वाह, बहुत अच्छा ! भगवान ने हमलोगों की प्रार्थना और तुम्हारी मेहनत का फल दे दिया। जगत की माँ ने अपने लाडले को गले से लगाया और उसका माथा चुमने लगी।

जानती हो माँ ! मुझे इसी सोमवार को दिल्ली पहुंचकर ड्यूटी ज्वाइन भी करनी है।

ठीक है, बेटा ! भगवान करें तेरी मनोकामना पूरी हो और तुम देश समाज की सच्चाई ईमानदारी से सेवा कर सको। तुम यही चाहते थे न कि कभी कहीं ऐसा समय भी आता जब सच्चे और इमानदार लोगो की पूछ होती ? भगवान ने तेरी सुन ली।

पिता जी, क्या ऐसा भी होता है कि बिना परीक्षा सर्टिफिकेट इत्यादि के जाँच पड़ताल के डायरेक्ट इंटरव्यू के लिए बुलाया जाय और उसी के बेसिस पर इतने बड़े पोस्ट पर चयन हो जाये ?

नहीं बेटा ! मैने अपनी अभी तक की जिन्दगी में तो ऐसा नहीं देखा था लेकिन जब सरकार ही सच्ची और ईमानदार हो तो वह अपनी नज़रिये से ऐसा कुछ भी कर सकती है।

जगत नियत समय पर दिल्ली निश्चित जगह पहुँच गया। वहाँ पर केवल 20 लड़के आये थे सबको समझा बुझाकर उनके ट्रेनिंग स्थान पर भेज दिया गया। वहाँ उन्हें बताया गया कि कल से आप लोग की ट्रेनिंग शुरु होगी, आज आप लोग रेस्ट करें, कल सवेरे यहीं पर 10 बजे मिलते हैं।

सभी लड़के अपने–अपने कमरे में चले गये और सब सवेरे उठकर अपना अपना काम करने लगे। उनके कमरे के सामने एक बड़ा सा लॉन था, जिसमे अच्छी किस्म की घास लगी थी। कोई योगा कर रहा था, कोई पूजा पाठ में मग्न था, कोई सूर्यदेव को जल दे रहा था। एक सिख लड़का गुरु ग्रन्थ साहिब का पाठ बड़े प्रेम से कर रहा था तो मोहम्मद निसार नाम का लड़का नमाज पढ़ रहा था। आठ बजे उनके नाश्ते का समय था, सभी नाश्ते के लिये पहुँच गये, उसके बाद दस बजते–बजते वे बीसों लड़के एक भव्य हाल मे पहुँच गये जहाँ उन्हें बुलाया गया था।

थोड़ी ही देर में कोई बड़ा ऑफिसर तीन चार लोगो के साथ

आया और उनसे कुछ बात करने के बाद लड़को से कहा कि आप लोगो को एक–एक करके बुलाया जायेगा आप लोगो के वेरिफिकेशन के लिए....

बीच में ही एक लड़का बोल पड़ा – श्रीमान जी ! मैं तो अपना कोई सर्टिफिकेट नहीं लाया हूँ !

आप चिंता न करें ! आपके सारे कागजात हमारे पास हैं। यह कहकर वे अंदर चले गये।

इसके बाद तो सभी लड़के आपस में कानाफूसी करने लगे। एक लड़के ने कहा कि मैने तो कभी कोई अपना सर्टिफिकेट किसी को नहीं दिया, यही बात सब लड़को ने कही। यह पहेली उनके समझ में नहीं आ रही थी कि कैसे हमारे सर्टिफिकेट्स इनको मिल जायेंगे। यही बात हो रही थी कि एक लड़के को अंदर बुलाया गया, उसके अंदर जाते ही सबसे बड़े ऑफिसर ने उसे बैठने को कहा।

हेलो मिस्टर अरुण ! यह देखिये क्या यह आपके सर्टिफिकेट्स की कापी है?

अरुण सब देखने के बाद आश्चर्यचकित होकर बोला– हाँ श्रीमान! ये सब मेरे ही कागजात हैं।

क्या ये कुछ फोटो भी आपके ही हैं ?

जी, श्रीमान जी ! लेकिन यह फोटो तो मेरे कालेज का है यह मेरे खेत में काम करने का है, यह फोटो 15 अगस्त का है उस दिन मैं अपने घर पर तिरंगा फहरा रहा था और यह मेरे पूजा पाठ करने का है, लेकिन श्रीमान जी! ये सब किसने और कब लिया मुझे तो पता ही नहीं।

ऐसे ही एक–एक करके सबको बुलाया गया उन्हें उनके कागजात फोटो इत्यादि दिखाकर अंदर ही एक दुसरे कमरे में बैठाया

गया। मोहम्द निसार तो चकित हो गया जब उसे नमाज पढ़ने के बाद वाला विडियो दिखाया गया जिसमे वह प्रतिदिन अपने साथियों से कहता था...

"चाहे हम पूजा करें, नमाज पढ़े लेकिन हैं तो हिन्दुस्तानी हमारी रगों मे हिंदुस्तानी खून है समय आने पर हम लोगो को अपने वतन की हिफाजत पूरी ईमानदारी और सच्चाई से करनी चाहिए"।

जब सिख लड़के का नम्बर आया तो वह अंदर जाकर अपने पिता सूबेदार मेजर हरी सिंह को देखकर चौंक गया उसके पिता भी उसे देखकर दंग रह गये। बड़े ऑफिसर ने कहा–

हरी सिंह साहब ! आप अपने लड़के को यहाँ देखकर चकित हुए होंगे। आपको यहाँ किसलिए बुलाया गया था यह नहीं बताया गया था। यह आपके सच्चाई, ईमानदारी और लड़के का देशप्रेम ही है जिसकी वजह से इसे हमारे टॉप सीक्रेट सर्विसेज में चयन किया गया है। आइये अब हाल में चलते हैं और सभी 20 बच्चों से मिलते हैं और उनकी जिज्ञासा को शांत करते हैं कि कैसे, क्यों, किस लिए उनका चयन हुआ है।

ऑफिसर अपने चार सहयोगियों के साथ बड़े हाल में आये और कहने लगे–

मेरे प्यारे बच्चों ! आपलोगों को यह सब पहेली समझ में नहीं आ रही होगी लेकिन मैं इसे आप सबको विस्तार से बताता हूँ। हमारी नई सरकार आने के बाद वर्तमान प्रधानमंत्री के नेतृत्व मे लीक से हटकर काम करने का फैसला लिया है। प्रधानमंत्री चाहते थे कि देश की सुरक्षा को और चाक चौबंद की जाय इसके लिए उन्होंने यह नई तरकीब सुझाई जिसके तहत आपलोगों का चयन किया गया है इसके अंतर्गत कोई लिखित व शारीरिक परीक्षा कैंडिडेट्स को बुलाकर नहीं

की जाएगी बल्कि यह काम हमारे इस ग्रुप के अधिकारी गहन छानबीन करके करेंग। हमने अनेक अधिकारियों को इस काम पर लगाया गया था, जिन्होनें महीनो अनेक रूपों में आप लोगों के कालेज, गाँव, खेत, खलिहान जाकर हर तरह की जानकारियाँ इकट्ठी की और गुप्त कैमरे से आपलोगों का फोटो व विडियो भी बनाये। जब वे आपलोगों की सच्चाई देशभक्ति, शारीरिक क्षमता और विभिन्न अन्य मापदंडो पर आप सबको खरा पाया तो आपलोगों को इस नए विभाग के लिए क्लास वन पोस्ट के लिए चयनित किया गया और आपलोगों के सारे शैक्षिक रिकॉर्ड एकत्रित कर लिए गये।

अब आप लोग समझगए होंगे कि इस नई प्रक्रिया से कितना सटीक चयन हुआ है। साथ ही हम आपको बताते चलें कि देश में इस तरह का पहला बैच आप लोगों का होगा आपके काम के बारे में आपके ट्रेनिंग के समय सब वृहद रूप में बताया जायेगा, लेकिन संक्षेप में, मैं बता दूँ कि आपलोगों की ड्यूटी सरहद के उन ठिकानो पर होगी जहाँ से घुसपैठिये आते हैं। आपलोगों की ड्यूटी होगी, यह पता करना कि कौन, कैसे उन्हें अंदर घुसाता है उन्हें कहाँ भेजता है तथा कौन उनका आधार कार्ड, राशनकार्ड, ड्राइविंग लाइसेंस, पासपोर्ट इत्यादि बनवाता है।

इस काम के लिए आप लोगों को सरकार की तरफ से हर संभव सहायता दी जाएगी। हमलोगों की शुभकामनाये आपके साथ है, उम्मीद है आप लोग हमारे प्रधानमंत्री और हमारे नये विभाग की आन, बान और शान बनेंगे। धन्यवाद।

इन बीस लड़कों को उनके ट्रेनिंग के बाद विभिन्न ठिकानो पर भेज दिया गया और ठीक एक साल बाद उनसे उनके कामो की रिपोर्ट मांगी गई उनकी समीक्षा की गई तो जो बात निकलकर आई वह चौंकाने वाली थी। करीब–करीब सभी लड़को की रिपोर्ट एक सामान

थी। उसमे सबसे विश्वसनीय रिपोर्ट जगत की थी। जगत ने अपने रिपोर्ट में सीमा पर तैनात उन सब दलालों, उनके आकाओं का नाम, पता ठिकाना सब मालूम कर लिया था जो आधारकार्ड से लेकर सबकुछ बनवाते थे, यहाँ तक कि जगत ने यह भी अपने रिपोर्ट मे बता दिया कि इन सबका कण्ट्रोल दिल्ली से होता है, और उसका लोकेशन भी उसके पास है। दिल्ली से ही यह बताया जाता है कि कौन घुसपैठिये, किस प्रदेश के, किस शहर गांव में जायेंगे। वहाँ उनकी मदद करने वाले लोग मौजूद रहेंगे, जो उनके सेटलमेंट के लिए हर तरह से उनकी मदद करेंगे।

यह सब जानकारी सरकार को दी गई। इसके लिए जगत को भारत के राष्ट्रपति की तरफ से एक नये राष्ट्रीय पुरुस्कार "भारत गौरव" से सम्मानित किया गया।

•••

उजाला

किसी गाँव में जयराम अपनी पत्नी और दो बच्चो रामन और शामन के साथ रहते थे उनके पास खेती बाड़ी, गाय बैल और वह सबकुछ था जो एक सम्पन्न किसान के पास होता है। पूरा गाँव खुशहाल था। सभी में आपस में प्रेम और अच्छा भाई चारा था। जयराम बहुत ही सरल स्वभाव के और भगवत प्रेमी थे।

अचानक एक दिन पता नहीं कौन सी बीमारी आई पूरा गाँव उसके चपेट में आ गया। जबतक लोग कुछ समझते या उसका उपाय करते। तबतक उस बीमारी ने भायानक रूप ले लिया और देखते देखते यह बीमारी आसपास के गांवो शहरो यहाँ तक कि पूरे देश में फ़ैल गई। गाँव में प्रतिदिन दो चार लोग मरने लगे। उस समय भारत पर अंग्रेजो का शासन था, इसलिए उनकी उदासीनता व अकर्मण्यता की वजह से इस बीमारी के रोकथाम तथा उपचार का समुचित प्रबंध नहीं हो सका।

अचानक एक दिन जयराम की तबियत ज्यादा ख़राब हो गई जबतक उनका कुछ उपचार होता तबतक वे इस दुनिया से चल बसे दुसरे ही दिन उनकी पत्नी और उनका बड़ा लड़का शामन का भी

देहांत हो गया। उस समय रामन पांच साल का था उसके चाचा के वहाँ भी उसकी चाची उनका एक लड़का तीन दिन पहले इस दुनिया से चल बसे थे। जब आदमी खुद दुखी हो तो वह दुसरो के दुःख में क्या मदद करेगा ?

ऐसा ही हुआ रामन के साथ। गाँव में हर घर में ऐसा ही वातावरण हो गया था सब अपने दुःख से दुखी थे वह ऐसा समय था जब कोई किसी की चाह करके भी मदद नहीं कर सकता था सब अपने मे परेशान और अपनो के गम में दुखी कोई किसी की मदद के लिये आगे आने की हालत में नहीं था। पांच साल क़ा रामन दो चार दिन इधर–उधर घूमता रहा कहीं कुछ मिल जाता तो खाकर कहीं सो जाता, लेकिन एक दिन वह भूख से बेचैन बेहाल होकर घर से पागलो की तरह निकल पड़ा, उसे पता नहीं वह कहाँ जा रहा है। सवेरे से चलते–चलते शाम हो गई भूख से उसका बुरा हाल था। तभी उसने देखा कि एक गाँव मे किसी घर के बाहर कुछ लोग खाना खा रहे थे वह लालच में वहीं बैठ गया कि शायद उसे भी कुछ खाने को मिल जाये।

वह वहीं बैठे–बैठे भूख से बेहाल निढ़ाल होकर सो गया तभी एक आदमी की नजर उस पर पड़ी, उसने रामन को जगाया उससे कुछ पूछने लगा, लेकिन रामन थका मादा ऐसा निढाल हो गया था कि उसके मुंह से आवाज नहीं निकल रही थी। किसी ने उसे कुछ खाने को दिया, खाने के बाद रामन वहीं थोड़ी दूरी पर जाकर बेहोशी हालत में सो गया। रातभर रामन वहीं निढाल पड़ा रहा।

कुछ लोग इस दुनिया में जन्म लेते हैं केवल दुःख भोगने के लिए, रामन भी उनमें से एक था। न जाने भगवान ऐसे लोगो को क्यों और कैसे इस धरती पर भेजते हैं ?

एक छोटे बच्चे को इस तरह निढाल होकर जमीन पर सोते हुए

किसी ने देखा तो उससे पूछा कि क्या नाम है तुम्हारा ?

रामन !

तुम्हारा गाँव कहाँ है और तुम्हारे माँ बाप कहाँ हैं ?

लड़के ने कहा कि माँ बाप बड़ा भाई कोई नहीं है सब ...

ओहो ! अब समझा। आओ तुम हमारे साथ मेरे घर चलो वहीं रहना, मैं भी अपने दो लड़को को महामारी में खो चुका हूँ। मैं समझूंगा कि मेरा एक लड़का मिल गया। अब तुम हमारे ही पास रहना, खाना पीना। इस प्रकार रामन की एक नई दिनचर्या शुरू होने वाली थी लेकिन जब किसी के भाग्य में दुःख ही लिखा हो तो उसे सुखी कौन बना सकता है ?

जो आदमी उस लड़के को लेकर आया था उसकी पत्नी ने जब एक लड़के को अपने पति के साथ देखा तो वह आग बबूला हो गई और अपने पति से बोली– हम अपने दो बच्चो को खोने के बाद कैसे दुसरे के बच्चे को रख सकते हैं ? हमारा तो कलेजा वैसे ही अपने दो बच्चो को खोने के बाद फट गया है, अब इसमें दुसरे बच्चे के लिए कोई जगह नहीं बची है।

उसके पति ने बहुत समझाया, लेकिन वह किसी कीमत पर उस बेसहारा बच्चे को रखने के लिए तैयार नहीं हुई, इस प्रकार वह बच्चा वहाँ से किसी दुसरे दरवाजे पर चला गया जहाँ उसे किसी ने एक रोटी दे दी दिन भर इधर–उधर घुमने के बाद वह रात में पास के प्राइमरी स्कुल के बरामदे में सो गया। सवेरे एक आदमी ने किसी बच्चे को स्कुल में सोते हुए देखा तो पूछा कि यहाँ क्यों सो रहे हो, और तुम्हे कहाँ जाना है ?

लड़के ने कहा– कहीं नहीं जाना है, तो उस आदमी ने कहा आओ मेरे साथ चलो घर बाहर में झाड़ू लगा देना, तो तुम्हे कुछ खाने

को दे दूंगा।

महामारी का प्रकोप धीरे–धीरे ख़त्म होने लगा लेकिन तब तक करोड़ो लोगो को इस महामारी ने अपने चपेट मे ले लिया था। गाँव शहर सब वीरान से लगने लगे। रामन की जिन्दगी में अँधेरा ही अँधेरा था, आठ साल का होते–होते लोग उसे छोटे मोटे काम करने के लिए बुलाने लगे और बदले में उसे कुछ खाने को दे देते।

इस तरह रामन की जिन्दगी गुजरने लगी। कोई उसे अपने दरवाजे पर झाड़ू लगाने गायों बैलों का गोबर उठाने तो कोई अपने बच्चों को खिलाने के लिए बुलाने लगा। अब प्रतिदिन उसे कुछ न कुछ काम मिल जाता उसके बदले में लोग उसे खाने को दे देते, रामन वही खाकर रात में जमीन पर ही सो जाता। ऐसे करते–करते रामन को 15 साल बीत गये। अब वह 20 साल का सुगम सुलभ सस्ता गांव का मजदुर हो गया। ऐसा सीधा सादा सुलभ मजदुर गाँव वालो को कहाँ मिलता।

गाँव के लोगो ने मिलकर गाँव के बाहर पोखरी के किनारे गाँव सभा की जमीन पर उसे झोंपड़ी बनाने के लिए जमीन दे दी और कुछ दिनों बाद एक अनाथ लड़की से उसकी शादी भी करा दी ताकि वह हरदम हर समय मजदूरी के लिए सुलभ रहे।

रामन बहुत परिश्रमी और ईमानदार मजदूर निकला इसतरह प्रतिदिन उसे मजदूरी मिलने लगी कोई–कोई तो उसे दो चार दिन पहले से ही अपने यहाँ काम पर आने को कह देता। रामन की औरत भी गाँव में मेहनत मजदूरी करने लगी इस प्रकार उन दोनों की जिन्दगी गाँव वालो के वहाँ मजदूरी करके चलने लगी। ऐसे करते करते उन दोनों ने दस साल व्यतीत कर दिए। इसी बीच उनके दो लड़के और एक लड़की भी हुई।

अबतक भारत स्वतंत्र हो गया था। स्वतंत्रता दिवस पर गाँव में

एक नेता जी आये और अपने भाषण में कहने लगे–

"हमारा देश अब अंग्रेजो की गुलामी से स्वतंत्र हो गया है हमारे प्रधानमंत्री जी का कहना है कि अब कहीं कोई गरीब नहीं रहेगा हमारी सरकार देश से गरीबी दूर करके रहेगी, हम सभी को अँधेरे से उजाले में ले जायेंगे। देश में हमारी सरकार राम राज्य ले आयेगी, गरीबो पर सरकार बहुत ध्यान देगी, उनके रहने खाने पीने और उनके बच्चो के पढाई की मुफ्त व्यवस्था करेगी। गांवो में पानी और सड़को का बंदोबस्त करेगी, आप लोग हमारी सरकार पर भरोसा रखें अबतक आप्प लोग घनघोर अँधेरे में थे अब सरकार आप लोगों को उजाले में लाएगी"।

रामन यह सब सुनकर बहुत खुश हुआ कि अब उसके दिन भी लौटेंगे सरकार हम गरीबो पर ध्यान देगी। हमारे बच्चे पढ़ेगे–लिखेंगे हमारी गरीबी दूर होगी। रामन और उसकी पत्नी अपने बच्चो को स्कुल में भेजने का सपना देखने लगे। ऐसे सोचते–सोचते अनेको साल बीत गये पर उसके बच्चे स्कुल नहीं जा सके दोनों लड़के 10 और 12 साल के हो गये। एक दिन गाँव का मुखिया जो नेता जी का खास आदमी था, रामन के घर आया और कहा कि अपने दोनों लड़को को नेता जी के घर भेज दो उन्होंने हमारे पास खबर भिजवाई है। यह सुनकर रामन को अपने पुराने दिन याद आने लगे वह सोच में पड़ गया। मुखिया जोर से चिल्लाया क्या सुनते नहीं हो ?

हाँ ! लेकिन जब नेता जी आए थे, तो कह रहे थे बच्चो के लिये स्कुल बनेंगे, बच्चे उसमे पढ़ने जायेंगे, गरीबो की गरीबी दूर होगी और...

अबे चुप हो जा ! बहुत बढ़ चढ़कर बात कर रहा है वे सब बातें कहने के लिए होती हैं, सरकार जो कहती है वह सब करती जाये तो हमारी बेगारी मजदूरी कौन करेगा ?

मुखिया ने रामन के दोनों बच्चो को ले जाकर नेताजी को सौंप दिया। नेताजी ने कहा कि मुखिया जी आपने हमारी समस्या दूर कर दी। घर में ऐसे ही दो लड़को की जरूरत थी ताकि घर का सारा काम कर सके और आने वाले मेहमानों को चाय पानी दे सकें ये सब पढ़ लिखकर क्या करेंगे, ऐसे लोग पढ़ लेंगे तो मजदूरी कौन करेगा ? हम तो सरकार तक यह बात पहुँचायेंगे कि गरीबी दूर करने का नारा खूब जोरदार तरीके से उठाया जाए, लेकिन नारे को नारा ही रहने दिया जाये।

हुआ भी ऐसा ही, सरकार का गरीबी दूर करने उनके लिए स्कुल, मकान, सड़के बनाने का कोई भी काम नहीं हुआ। गरीब केवल गरीब ही नहीं रहे बल्कि बंधुआ मजदुर की तरह जिन्दगी जीने के लिए मजबूर कर दिए गये।

देश में ऐसे हालात करीब 70 सालों तक बने रहे सरकारें आती जाती गंरीबी दूर करने और उनका जीवन स्तर सुधारने का वादा करतीं और चली जातीं लेकिन गरीबी गरीबों का पीछा नहीं छोड़ती लेकिन जैसा कहा जाता है कि "अति सर्वत्र वर्जयेत" तो ऐसा ही हुआ।

सरकारों के अत्याचार नारे और वादे से परेशान जनता को राहत देने एक महात्मा सत्यनिष्ठ देशप्रेमी मैदान में आया और प्रचंड बहुमत की सरकार बनाने में सफल हुआ। प्रधानमंत्री के रूप में स्वतंत्रता दिवस के अपने पहले भाषण में गरीबों के लिए तमाम उपायों को सुझाया और अपने शासनकाल में उन तमाम वादों को पूरा किया इसके अंतर्गत वह गरीबो को घर शौचालय नल से जल और उज्वला योजना के अंतर्गत मुफ्त गैस सिलिंडर एवं राशन तक दिया।

वह प्रधानमंत्री यही नहीं रुका बल्कि उसने हर गाँव के घर–घर में बिजली भी पहुंचाई। पिछली सरकारों के सारे काले कारनामो को उजागर किया। नकली राशनकार्ड धारको की जाँच पड़ताल हुई। इन

अनेक उपायों से कितने बंधुआ मंजदूरो को मुक्ति मिली जिसके चलते रामन के दोनों बच्चे भी नेताजी के चंगुल से मुक्त हुए। रामन ने अपनी जिन्दगी में अँधेरा ही अँधेरा देखा था लेकिन अब बुढ़ापे में उसके जीवन में उजाला देखने को मिल रहा था। उसे सरकार ने मकान से लेकर वह सारी सुविधायें जो प्रदान कीं, जिसकी वह सपने में भी कल्पना नहीं कर सकता था।

उसके दोनों लड़को को सरकार की तरफ से व्यापार करने के लिए सहायता और कौशल प्रशिक्षण दिया गया और आज वे दोनों एक सफल व्यापारी होकर अपने बूढ़े माँ बाप की जिन्दगी को उजाले से भर रहे हैं।

•••

नई सोच

अर्पण और ज्ञान दो गहरे मित्र थे। दोनों को एक–एक लड़का और एक–एक लड़की थी। अर्पण के बच्चे बड़े थे जबकि ज्ञान के बच्चे छोटे थे। दोनों में अनेक समानताएं और भिन्नताएं थीं फिर भी घनिष्ट मित्रता ऐसी जैसे बिजली उत्पन्न करने के लिए पॉजिटिव और नेगेटिव।

दोनों दोस्तों का घर आसपास ही था इसलिए सवेरे साथ–साथ घुमने जाते उसके बाद अर्पण अपने सरकारी नौकरी पर चला जाता और ज्ञान अपना कारोबार संभालने। शाम को दोनों मिलते चहलकदमी करते हुए बाजार जाते। जरूरत की चीजें सागभाजी खरीदते और अपनी–अपनी बातों के अलावा देश दुनिया की बातें करते–करते अपने अपने घर जाते।

अर्पण अपने लड़के और लड़की की शादी करके निश्चिन्त हो गये और सोचा, अच्छा हुआ समय से मैं अपनी जिम्मेदारियों से मुक्त हो गया। एक दिन दोनों दोस्त सवेरे घूम रहे थे तो अर्पण अपनी खुशी व्यक्त करते हुए कहने लगे कि दोस्त ! मेरे सर से तो जिम्मेदारियों का बोझ उतर गया अब हम पति पत्नी काफी खुश हैं।

हाँ, ठीक है, लेकिन मुझे तो अपने दोनों बच्चों की शादी करनी

है, लेकिन मैं अपने बच्चों की शादी थोड़ा लीक से हटकर करना चाहता हूँ। ज्ञान ने कहा।

लेकिन वो कैसे ? अर्पण ने पूछा।

ज्ञान ने कहा कि बात ऐसे है मेरे दोस्त कि हम सब जानते हैं कि लड़की लड़कों की अपेक्षा अपने माँ–बाप को बहुत अधिक प्यार करती है, और बहु अपने माँ बाप को।

"बात तो एक ही है लेकिन अपनी ही लड़की जब दुसरे के घर जाती है तो वह वहाँ की बहु बन जाती है और जब दुसरे की लड़की हमारे घर आती है तो हमारे यहाँ की बहु बन जाती है, ऐसी परिस्थितियों में दोनों जगह की लड़कियों का दिल अपने–अपने माँ बाप के लिए ज्यादा धड़कता है। इसलिए दुसरे के माँ बाप को वे अपना नहीं पातीं और इसके भयंकर परिणाम हो जाते हैं। जब पति पत्नी मिलकर अपने सासु ससुर को उन्हीं के घर से बाहर निकालने यहाँ तक की उन्हें वृद्धा आश्रम में छोड़ने से भी नहीं हिचकते।"

अर्पण ने कहा – ज्ञान ! तूने तो बहुत ही चुभने और लगनेवाली लेकिन आज के समाज की सच्चाई ब्यान कर दी लेकिन इसका क्या उपाय है बच्चो की शादी तो करनी ही पड़ेगी।

हाँ ! शादी तो करनी ही पड़ेगी, लेकिन समाज की इस पुरानी परम्परा पुरानी सोच को मैं बदलना चाहता हूँ क्योंकि हर एक लड़का शादी के कुछ ही दिनों के बाद अपनी पत्नी के प्रभाव में आकर अपने माँ बाप से दुरी बनाने लगता है यहाँ तक कि वह उन्हें अपने ऊपर बोझ समझ बैठता है। ज्ञान ने कहा।

तो क्या तुम चाहते हो लड़कियों को अपने ही घर पर रखें ?

बिल्कुल सही समझे अर्पण भाई !

क्या बात करते हो जग हंसाई नहीं होगी ?

नहीं होगी।

क्या लड़कियों को कोई अपने घर हमेशा के लिए रख सकता है ?

हाँ ! मैंने तो ऐसा ही सोचा है।

क्या हो गया है तुम्हे ? कैसे बुद्धिहीनों की तरह बात कर रहे हो ?

मैं बुद्धिहीनों की तरह बात नहीं कर रहा बल्कि आज के समाज की वास्तविकता को समझते हुए यह बात कर रहा हूँ।

ज्ञान ! तुम्हारी बात तो मेरी समझ से परे है।

देखो अर्पण भाई ! मैं समझाता हूँ–

"जब लड़की की शादी करनी होगी तब मैं ऐसे वर की तलाश करूंगा जो मेरे घर का जमाई बनकर मेरे यहाँ रहे और जब लड़के की शादी करनी होगी तो ऐसा घर तलाशूंगा जो लड़के को अपना जमाई बनाकर रखे और ऐसे लोगो की कमी इस समाज में नहीं है।"

अरे वाह ज्ञान भाई ! तुमने तो अपनी बुद्धिमता का परिचय दिया लेकिन क्या लड़के को दुसरे के घर भेजकर आप चैन से रह सकेंगे ?

"यदि नहीं रह सकेंगे तो इंतजार कीजिये जब बेटा बहु दोनों मिलकर आपको अपने ही घर में रहना दूभर कर देंगे और आपको रास्ते से हटाकर खुद चैन से रहना चाहेंगे। अर्पण भाई ! यह सुनकर आपको अजीब और बुरा लगेगा लेकिन आज के पाश्चात्य सभ्यता और पढ़ाई से प्रभावित होकर अधिकतर बच्चे यही कर रहे हैं।"

ज्ञान ! तुम जो कह रहे हो वह आज के समाज की सच्चाई है लेकिन समाज के नियम कायदे को बदलना और अपने पूर्वजो के दिखाये रास्तो से हटना भी तो ठीक नहीं है।

ज्ञान ने कहा– लेकिन हम कबतक "लकीर के फ़क़ीर" बने

रहेंगे ? समय और परिस्थितियों के हिसाब से नहीं चलने के कारण ही तो आज वृद्धा आश्रमों की संख्या दिनों दिन बढती जा रही है।

बात तो सही कह रहे हो लेकिन क्या पुरखों और समाज के बनाये नियम कायदे को बदलना इतना आसन होगा ? अर्पण ने पूछा।

ज्ञान ने कहा– बात तो सही है लेकिन किसी न किसी को इसकी शुरुआत तो करनी ही होगी अन्यथा आये दिन इन वृद्धो की इज्जत मान मर्यादा और सम्मान यों ही सरेआम नीलाम होती रहेगी और जिन्दगी भर की उनकी मेहनत कमाई सब उनके सामने देखते देखते ही लुट जाएगी और उम्र की उस पड़ाव पर वे बेचारे कुछ नहीं कर पायेंगे।

ज्ञान ! तुम आज के समय व समाज को देखते हुए यह बात कह रहे हो और यह भी सही है कि किसी न किसी को लकीर से हटकर एक नई राह नई सोच के साथ चलना होगा। मेरी शुभकामनाये तुम्हारे साथ है।

ज्ञान का लड़का उनकी लड़की से उम्र में बड़ा था। इंजीनियरिंग करने के बाद किसी अच्छी कंपनी में उसकी नौकरी भी लग गई थी इसलिए उसकी शादी के लिए लोग आने लगे, लेकिन ज्ञान सबसे कहता कि मैं लड़के की शादी वहीं करूँगा जो लड़के को घऱ जमाई बनाकर रख सके। लोग आश्चर्य करते कि ज्ञान क्या बोल रहे हैं ?

एक दिन एक आदमी आया जो ज्ञान को पहले से ही जानता था उसे उम्मीद थी कि ज्ञान उसकी बात मान जायेंगे क्योंकि वह ज्ञान के मामा को भी साथ मे लेकर आये थे। बात होने लगी तो जो बात सामने निकलकर आई उसे सुनकर उसके मामा आश्चर्यचकित रह गए, उन्होंने कहा–

ज्ञान ! तुम क्या बात कर रहे हो ? क्या तुमने कभी सोचा है कि तुम अपने एकलौते लड़के को दुसरे के घर का जमाई बनाकर

कितनी भयंकर और बड़ी गलती करोगे ?

हाँ मामा जी ! यह सब मैने पहले ही सोच लिया है।

ठीक है ! और जब लड़की तुम्हारे घर से चली जाएगी तो क्या तुम दोनों इतने बड़े घर में अकेले ही रहोगे ?

नहीं मामा जी ! लड़की हमारे घर ही रहेगी–

क्या फालतू बातें कर रहे हो ? क्या कोई लड़कियों को बिना शादी के अपने घर पर रखता है ?

बिना शादी के नहीं मामा जी ! बल्कि उसकी शादी करके जमाई को भी अपने घर पर रखूँगा क्योंकि आजकल की लड़कियाँ अपने पति को उनके माँ बाप से दूरी बनवाने में सफल होती जा रही हैं और यही कारण है कि उन्हें मजबूर करके उनसे नाता तोड़ने व उन्हें घर से निकालने या वृद्धा आश्रम में रहने के लिए बाध्य कर दे रही हैं और उसके पति का झुकाव अपने माँ बाप की तरफ मोड़ दे रही हैं।

जब लड़की और दामाद हमारे ही घर में रहेंगे तब ऐसी समस्या नहीं पैदा होगी और बुढ़ापा आराम से कट जायेगा। नहीं तो बहु के चक्कर में आकर लड़का एक दिन घर से बाहर निकाल देगा तब हम क्या करेंगे ? इसलिए हमने सब कुछ समझ बुझकर दुनिया समाज को देखते हुए इस नई सोच पर चलने का फैसला किया है।

ज्ञान ने इस नई सोच और शर्त के अनुसार ही अपने बच्चों की शादी की और इस प्रकार वह शादी की इस नई परम्परा को शुरु करने वाला पहला व्यक्ति बन गया जिसकी कुछ लोगो ने आलोचना की तो वही कुछ लोगो ने इसकी प्रशंसा भी की और भविष्य में समाज के साथ ही साथ लड़कों–लड़कियों की आँख खोलने वाली पहल कहा।

•••

बुढ़ापा

एक बार विज्ञान के एक अध्यापक क्लास रूम में नवीं के बच्चों को शारीरिक बनावट और शरीर की रचना के बारे मे पढ़ा रहे थे, उसमें उन्होंने बताया कि दुनिया के हर एक जीव जंतु से लेकर मानव तक की उम्र निश्चित होती है। यहाँ तक कि विभिन्न प्रकार के पेड़ पौधे और फसलों की भी एक निश्चित उम्र होती है।

अर्वन ने पूछा – मास्टर जी, उसके बाद क्या होता है उनका?

मास्टर जी ने कहा – मैं समझता हूँ कि ऐसी उत्सुकता सब बच्चों में होना स्वाभाविक है ?

सब बच्चों ने एक साथ ही कहा, हाँ मास्टर जी !

तब मास्टर साहब ने उन्हें बताया कि हमारे शास्त्रों के हिसाब से मानव की उम्र आमतौर पर 100 साल की होती है इसी प्रकार अलग–अलग पेड़ पौधो और फसलों की उम्र भी अलग–अलग होती है। कोई–कोई पेड़ सौ साल से ज्यादा रहते है तो कोई उससे भी कम इसी क्रम में किन्ही फसलों की उम्र चार से पांच महीने में तो किसी–किसी की उम्र एक साल तक हो सकती है– जैसे गन्ना और अरहर।

शरीर की बनावट ऐसी है कि यदि इसकी सही तरीके से

देखभाल की जाये तो बुढ़ापे तक आदमी चल सकता है और अपना काम कर सकता है, लेकिन एक समय आता है जब मनुष्य लाचार हो जाता है।

वह क्या होता है, मास्टर साहब ? एक लड़के ने पूछ लिया।

हाँ रमन ! तुमने सही पूछा ! उस समय अपने दादा दादी का बहुत ध्यान रखना चाहिए, क्योंकि तुम्हारे हमारे जैसे उनमे चुस्ती फुर्ती नहीं होती और बुढ़ापे में वे हमलोगों पर ही निर्भर हो जाते हैं।

अर्वन पर अध्यापक की इन बातों का काफी असर हुआ, घर आकर अब वह अपने दादा–दादी के बारे में सोचने लगा कि वे कैसे रहते हैं उन्हें कोई तकलीफ तो नहीं होती, वे कैसे खाते–पीते और रहते हैं। दादा की उम्र 85 साल और दादी की उम्र 83 साल की हो गई हैं, अब तो मैं उनकी खूब देखभाल करूँगा।

अर्वन के दादा पढ़े लिखे और काफी समझदार थे उन्हें दुनियादारी का अच्छा खासा अनुभव था क्योंकि उन्होने बहुत देश दुनिया देखी थी। इसलिए वे अपने आपको अपने तक ही सीमित रखते थे। वे जानते थे कि पुराने लोग आजकल के बच्चों की स्पीड से नहीं चल सकते क्योंकि उनकी सोच आज के जमाने की है। वे बहुत ही हाई फाई और अपने हिसाब से करेंगे चलेंगे। इसलिए उनके कामों व बातों के बीच में पड़ना ठीक नहीं होगा।

एक दिन अर्वन स्कुल से आया तो देखा कि उसकी दादी काफी उदास होकर मुंह लटकाए गुमसुम बैठी है, अर्वन यह देखकर अपने दादी के पास गया और बोला–

दादी ! क्या बात है आज आप क्यों ऐसे उदास बैठी हो, आप कभी हंसती, कभी रोती, तो कभी भावुक होकर ख्यालो में डूब जाती हो? आप क्या सोचती रहती हैं ?

क्या करूँ अर्वन ? यह सब मैं जान बूझकर नहीं करती। यह सब अपने आप हो जाता है।

दादी ! यह सब अपने आप नहीं होता, आप जरुर कुछ न कुछ सोचती होंगी या कुछ याद करती होंगी ?

हाँ अर्वन ! तुम ठीक ही कह रहे हो, क्या करूँ ? अब 83 साल की अवस्था में कुछ काम तो होता नहीं। चुपचाप बैठी रहती हूँ और पुराने दिनों को याद करके उन्हीं ख्यालो मे डूब जाती हूँ। अर्वन जानते हो !

"बचपन में बच्चे अपने माँ बाप का इन्तजार करते हैं कि वे बाहर से घर कब आयेंगे और बुढ़ापे में माँ बाप इंतजार करते हैं कि बच्चे बाहर से घर कब आयेंगे ?

दादी ! इस सन्डे को छुट्टी के दिन मैं आपके पास बैठूँगा तो आप अपनी कुछ बातें सुनाना क्योंकि हमारे स्कुल के टीचर ने कहा है कि इस महीने के लास्ट सन्डे को वे पूरी क्लास के बच्चों को वृद्धा आश्रम ले जायेंगे यह दिखाने के लिए कि कौन और कैसे लोग वहाँ किस हालत में रहते हैं? आपकी हालत देखकर तो मुझे लगता है कि वे भी वैसे ही करते होंगे जैसे आप करती रहती हैं।

नहीं अर्वन ! वहां तो बहुत लोग होंगे इसलिए वे आपस में बातचीत करके समय व्यतीत करते होंगे।

तो आप क्यों नहीं दादा जी से बातें करतीं ? मैं तो जब भी दादा जी को देखता हूँ वे कुछ न कुछ लिखते पढ़ते रहते हैं।

यही तो बात है अर्वन ! वे बड़े धीर गंभीर व्यक्ति हैं उन्हें अपने लिखने पढ़ने से ही फुर्सत नहीं मिलती और उस पर भी शुरू से ही वे बड़े रिज़र्व रहते हैं।

यह तो अच्छी बात है, दादा जी अपने को इसी बहाने व्यस्त

रखते हैं जिससे उनका ध्यान इधर–उधर की फालतू बातों की तरफ नहीं जाता।

अच्छा दादी, यह बताओ कि आज क्या हुआ था कि आप ऐसे उदास और मुंह लटकाए बैठी थीं ?

छोड़ो अर्वन इन बातों को !

क्यों दादी ! आप बताइए तो सही कि आज क्या हुआ था कि आप ऐसे उदास बैठी हैं ?

बात ऐसी है अर्वन, मैं बचपन से लेकर दो तीन साल पहले तक घर के सारे काम करती रही हूँ, कभी काम से जी नहीं चुराया न कभी आलस ही किया, सब काम सलीके और अपने तरीके से करती आई हूँ। मुझे पता है कि कौन सा काम कब और कैसे करना है, वही काम जब सही तरीके और समय से होते नहीं देखती हूँ तो बरबस कह देती हूँ कि यह काम ऐसे करना चाहिये। आज ही जब तुम लोग स्कुल जा रहे थे तुम्हारे बाल में कंघी नहीं हुई थी, तो मैने केवल यही कहा कि बहु ! क्या आज अर्वन के बालो में कंघी करना भूल गई थी ?

तो इसी बात पर तुम्हारे पिताजी कहने लगे–

छोड़ो माँ ! क्यों तुम बेकार की बोलती रहती हो ? ये नहीं हुआ तो वो नहीं हुआ हर काम में तुम्हे बोलने की क्या जरुरत है, यह सब तुम्हारी जिम्मेदारी नहीं है, तुम चुपचाप रहो, कहाँ क्या और कैसे हो रहा है, इन बातों पर ध्यान न दो, तुम्हे केवल अपने खाने–पीने और चुपचाप रहने की जरूरत है।

अब तुम्ही बताओ अर्वन ! इसमें मैने क्या बुरा कह दिया ?

दादी ! आप सही कह रही हैं लेकिन अपनी उम्र और समय को देखते हुए आदमी को अपने आपको बदल लेना चाहिए जैसे दादा जी अपने आपको बदल लिया है।

अर्वन ! तुम ठीक कह रहे हो बात ऐसी है कि–

"ज्यों–ज्यों माँ बाप की उम्र बढती जाती है वे अवगुणों के खान और गलतियों के पुतले बनते जाते हैं।"

जिन्दगी में जितने भी चढ़ाव उतराव आते हैं उनमें बुढ़ापे की स्थित सबसे ख़राब होती है, इस समय बूढ़े आदमी का हाथ पैर तो चलता नहीं अपने मुताबिक होता न देखकर बुढ़ा व्यक्ति कुंठित होता और अंदर ही अंदर व्यथित होता रहता है। कुछ बोलता है तो वह जहर का काम करता है, वास्तव में बुढ़ापे में आदमी बच्चों जैसे हो जाता है, उसकी चाहत इच्छाएँ और जरूरतें भी बच्चों जैसी हो जाती हैं भी तभी तो कहते हैं कि– "बच्चे बूढ़े एक समान"।

अर्वन से बात करके दादी समझ गई थीं कि अब उनका चुपचाप रहना ही श्रेयष्कर है। इसलिए दादी भी अब दादा की तरह चुपचाप रहती, कहाँ कौन आ रहा है, जा रहा है या खा पी रहा है उससे उन्हें कोई मतलब नहीं रहता, क्योंकि वे बुढ़ापे की मज़बूरी और असमर्थता को अच्छी तरह समझ चुकी थीं।

अब अर्वन की दादी समझ गई थी कि बुढ़ापे का जीवन कैसे काटना है, और कैसे जीवन जीना है इसलिए वह अपने कमरे में बैठकर या अपने पति (दादाजी) के पास बैठकर उनसे किसी न किसी धार्मिक बातों पर चर्चा करती रहतीं या कुछ न कुछ धार्मिक बातें पूछती रहतीं, इसप्रकार दोनों वृद्धों को बुढ़ापे में एक दुसरे का सहारा मिल गया, जिसकी कि इस समय आवश्यकता होती है। दोनों अब पहले की अपेक्षा काफी खुश रहने लगे।

एक दिन अर्वन ने दादा–दादी को हँसते हुए सुना तो वह उनके पास पहुँच गया और पूछा – दादी क्या बात है, आप दोनों आज खिलखिलाकर हंस रहे हैं ?

कुछ नहीं अर्वन ! ऐसे ही किसी बात पर हंस रहे हैं।

नहीं दादी ! कुछ न कुछ बात तो है आज पहली बार हमने आप दोनों को इस तरह खिलखिलाकर हंसते हुए सुन रहा हूँ।

हाँ अर्वन ! तुम ठीक कह रहे हो, अब जब से मैं तुम्हारे दादा जी के पास बैठने लगी हूँ तो हमलोग कुछ न कुछ बातें करते रहते हैं जिससे हमारा टाइम भी पास हो जाता है। आज इनसे मैंने कहा कि कोई चुटकुला सुनाइए! तो तुम्हारे दादा जी ने एक चुटकुला सुनाया, उसी पर हमलोग हंस रहे थे।

दादी ! ये हुई न बात ! अब आपलोग ऐसे ही पुरानी अच्छी अच्छी बातें याद करके खुश रहा करिये, अच्छी–अच्छी बातें सोचिये अच्छे ख्याल रखिये कौन क्या कर रहा है यह सब न सोचकर अपने ख्यालो में रहिये और सबसे बड़ी बात यह है कि जबतक आप दोनों हैं एक दुसरे का सहारा बनकर साथी बनकर रहिये, यही बुढ़ापे का गुरु मन्त्र है।

•••

दखलअंदाजी

चमनलाल अपने समय के तेज तर्रार आदमी थे लेकिन समय के साथ उनकी तेज तर्रारी सिकुड़ती जा रही थी क्योंकि वे बुढ़ापे की तरफ तेजी से बढ़ रहे थे। वे दिन प्रतिदिन अपने में बदलाव महसूस कर रहे थे। इस बदलाव के साथ ही उनमे धीरता गंभीरता आने लगी। वे बेटे बहु का व्यवहार व बातें देख सुन कर दुखी हो जाते और सोचते कि उनका बुढ़ापा कैसे कटेगा ?

यही सब सोच रहे थे कि उन्हें बाथरूम जाने की जरूरत महसूस हुई ,वे अपना चश्मा ढूंढने लगे। अपना चश्मा पता नहीं मैने कहाँ रख दिया ? अपने बिस्तर पर चारो तरफ टटोलने लगे चश्मा तो मैने यही बिस्तर पर ही रखा था, कहाँ गया ?

तभी उनका लड़का जो उनके कमरे के सामने से गुजर रहा था अपने पिता की यह बात सुन बोला—

क्या ढूंढ रहे हैं ?

मैं अपना चश्मा ढूंढ रहा था।

आपका चश्मा आपके तकिये के पास ही है। आपकी भूलने की आदत बहुत ख़राब है, आप बार—बार कुछ न कुछ भूल जाते हैं।

क्या करूँ बेटा ! बुढ़ापा जो कुछ न कराये।

कारण बुढ़ापा नहीं है बल्कि आपकी आदत हो गई है आप चाहते हैं कि कोई न कोई आपके आगे पीछे घुमता रहे। हाँ बेटा ! तुम सही कह रहे हो। जब तुम छोटे थे न तब मै भी तुम्हारे आगे पीछे घूमता रहता था। जानते हो क्यों ? क्योंकि तुम चाहते थे कि मैं तुम्हें अकेला छोड़कर कहीं नहीं जाऊँ। बुढ़ापे में आदमी बच्चो जैसा ही हो जाता है।

इतने में उनकी पत्नी नैनी आई और बोली चलिए खाना खा लीजिये।

मुझे तो भूख नहीं है, खाने का मन नहीं करता।

चलिए ! थोडा सा ही खा लीजिये।

खाना खाने बैठे ही थे कि उनका लड़का भी आ गया और अपने पत्नी को बोला कि मुझे भी खाना दे दो। लड़के की पत्नी दो थाली लाई एक अपने ससुर जी को दूसरा अपने पति के लिए।

बहु ! मेरे थाली में से यह इतना निकाल लो मुझे भूख नहीं लगी है।

यह सुनते ही चमनलाल का लड़का आपे से बाहर हो गया और बोला कि इनका तो यह रोज का नाटक है यह सुन–सुन के मेरे कान पक गये है साथ ही मेरी भी भूख ख़त्म हो जाती है। ये नहीं खाऊंगा तो वो नहीं खाऊंगा। खाते समय तरह तरह के नखड़े करने लगते हैं दिन भर सोते बैठे रहते हैं न काम न धाम इनका तो बस .....।

तबतक उस लड़के की पत्नी आई और बोली जो खाना है खाइए बाकि थाली में ही छोड़ दीजियेगा।

तुमने तो इनका और मन बढ़ा रखा है ये हर काम में दखल देते

है ऐसे नहीं वैसे करो यह नहीं वो करो, इनकी दखल अंदाजी की आदत नहीं जाती है बचपन में ये हमलोगों को डरा के रखते थे और अब भी वही चाहते हैं। अपने चलने फिरने और कुछ करने की शक्ति नहीं है लेकिन दिमाग बहुत तेज चलता है।

हाँ बेटा ! दिमाग पर बुढ़ापे का कोई खास असर नहीं होता बल्कि शरीर के स्वस्थ रहने तक इसकी तीव्रता बनी रहती है इसपर असर तब पड़ने लगता है जब इसके महत्व को नकार दिया जाता है।

अपना दिमाग अपने पास रखिये यहाँ उसकी और आपकी कोई जरूरत नहीं है। चमनलाल के लड़के ने कहा।

इसी बीच उनकी पत्नी नैनी आ गई।

हाँ नैनी ! तुम बड़े सही समय से आई हो।

क्या हो गया ?

शांति से बैठो आज मैं एक महत्वपूर्ण फैसला लेने जा रहा हूँ।

कौन सा फैसला, कैसा फैसला, क्या हो गया आपको ?

बात ऐसी है कि हम लोगो ने अपनी जिन्दगी में बहुत त्याग तपस्या करके यह घर मकान बनाया, बाल बच्चो को पाला पोसा, पढाया–लिखाया, उनका शादी ब्याह कर दिया, अब हम अपने जिम्मेदारियों से निवृत हो गये हैं इसलिए मैने सोचा है की यह घर बार, बाल बच्चों की मोह माया त्याग कर हम कहीं दूर चलें।

क्या हुआ ?

आज तुम्हारे लड़के ने कहा कि "अपना दिमाग अपने पास रखिये उसकी और आपकी कोई जरूरत नहीं है"।

दोनों पति पत्नी अपने सोचे समझे फैसले के अनुसार घर से बाहर निकलने लगे तो इनकी बहु ने पूछा–माँ जी कहाँ जा रहे हैं आप

लोग ?

बहु ! हमलोग तीर्थ यात्रा पर जा रहे हैं।

ठीक है, बहु ने कहा।

घर से निकल तो गये लेकिन कहाँ जाना है, किधर जाना कुछ भी निश्चित नहीं था, ये लोग पास के रेलवे स्टेशन पहुँच गये और स्टेशन पहुँचकर चमनलाल रिजर्वेशन खिड़की पर गये जहाँ कोई भी आदमी नहीं था, तब चमनलाल ने वहाँ खिडकी पर बैठे कलर्क से कहा–

बेटा ! हमें दो टिकट्स किसी भी तीर्थयात्रा का दे दो।

बाबा ! आपको जाना कहाँ है ?

किसी भी तीर्थस्थान जहाँ का रिजर्वेशन मिल जाये।

बाबा ! तत्काल टिकट्स का कुछ पैसा ज्यादा लगेगा।

कोई बात नहीं बेटा दे दो।

द्वारका जायेंगे क्या, वहां के दो बर्थ नीचे वाले मिल जायेंगे ?

हाँ बेटा, दे दो।

ये लीजिये ! आपकी ट्रेन द्वारिकाधीश एक्सप्रेस प्लेटफार्म नम्बर एक से चार घंटे बाद जाएगी।

ठीक है बेटा ! बहुत–बहुत धन्यवाद।

प्लेटफॉर्म एक पर जाकर दोनों पति पत्नी ट्रेन की प्रतीक्षा करने लगे। चमनलाल ने कहा– नैनी जानती हो द्वारका किस लिए मशहूर है ?

हाँ, वहाँ द्वारिकाधीश जी का मंदिर है।

केवल द्वारिकाधीश मंदिर के लिए ही नहीं प्रसिद्द है, बल्कि कृष्ण भगवान का अंतिम समय यही व्यतीत हुआ। कृष्ण भगवान ने द्वारिका नगरी बसाई और वह कृष्ण भगवान के रहते ही समुद्र में डूब गई उसके कुछ ही समय बाद एक बहेलिये ने श्रीकृष्ण के पैर में तीर मार दिया जिससे उनकी मृत्यु हो गई। इसका मतलब है कि हमलोग अपनी अंतिम अवस्था में सही जगह चल रहे हैं।

चमनलाल द्वारका पहुंचकर मंदिर के पास ही एक किराये के मकान में रहने लगे। चमनलाल को इतनी पेंशन मिल जाती कि उनका सब काम आसानी से चल जाता। दोनों सवेरे उठकर गोमती नदी में स्नान करते द्वारिकाधीश जी के दर्शन करते, भजन कीर्तन और वहीं पास के एक दुकान में नाश्ता, खाना पीना करते।

यही सब उनकी दिनचर्या बन गई नियमित गोमती स्नान, ध्यान पूजा पाठ, द्वारिकधिश जी के दर्शन करते दोनों पति पत्नी खुष रहने लगे, यहाँ कोई कुछ कहने वाला नहीं था। कुछ दिनों बाद चमनलाल के पास उनके लड़के बहु पोतों का फोन आने लगा। तो उस दिन चमनलाल ने अपना मोबाइल उठाकर गोमती नदी में फेंक दिया क्योंकि उनका दिल दुनियादारी से भर गया था अब वे सब मोह माया का त्याग कर निष्ठुर बन गये थे।

इसी तरह दोनो पति पत्नी ने अपना पांच साल का समय व्यतीत कर लिया था। एक दिन चमनलाल ने नैना से कहा कि चलो कहीं दुसरी तीर्थयात्रा पर कुछ दिनो के लिये चले। नैना ने कहा कि मैं तो अब कहीं नहीं जाना चाहती अब तो यही श्री कृष्ण के चरणों में समय व्यतीत हो जायेगा क्योंकि मेरा दिल कहता है कि अब तो थोड़े दिनों की बात है।

क्या बात करती हो ?

हाँ जी, अब मैं ज्यादा दिनो तक नहीं जिऊंगी, ऐसा मुझे आभास

हो रहा है लेकिन मैं चाहती थी कि मरने से पहले एक बार अपने बेटे बहु, पोतों से मिल लेती।

क्यों मोह माया में पड़ी हो ? तुम्हे कुछ नहीं होगा ठीक हो जाओगी।

दुसरे दिन चमनलाल उठे और पत्नी को आवाज लगाई–

अरे उठो ! गोमती स्नान और द्वारिकाधीश के दर्शन का समय हो गया, दो तीन आवाज लगाई लेकिन उनकी नैनी नहीं उठी तो उसके पास जाकर जगाने की कोशिश भी की, लेकिन नैनी तो अपनी अंतिम यात्रा पर निकल चुकी थी।

चमनलाल ने नैनी का अंतिम संस्कार किया और एक दिन सवेरे उठकर कहीं चल दिए।

नैनी के दाह संस्कार के समय आसपास के लोग आ गये थे उसी में एक मछुआरा भी था जिसने चमनलाल का मोबाइल फोन गोमती नदी से उनके फेंकने के तुरंत बाद उठा लिया था। उसने चमनलाल को फोन फेंकते हुऐ देख लिया था लेकिन उन्हें न बताया न दिया। क्योंकि वह जान गया था कि किसी न किसी कारण से ही यह फोन नदी में फेंका गया होगा।

संस्कार के दौरान ही उसने उसी फोन से दो तीन जगह फोन किया और उन्हें बताया कि यह जिनका फोन है उनकी पत्नी का आज द्वारका में देहांत हो गया है और उनके अंतिम संस्कार के स्थान श्मशान घाट पर में हूँ। उनका अंतिम फोटो और दाह संस्कार के समय का फोटो ले लिया है यदि किसी को जरूरत हो तो मुझसे इसी मोबाइल पर संपर्क कर सकता है।

यह सुनकर और जानकर चमनलाल का लड़का चीखने चिल्लाने लगा और मोबाइल पर उस मछुआरे लड़के से बोला कि मैं वहाँ जल्दी

से जल्दी पहुँचने की कोशिश कर रहा हूँ।

जबतक चमनलाल का लड़का अपने बड़े लड़के को लेकर वहाँ पहुँचता तबतक चमनलाल उस घर से बिना मकान मालिक को बताये और मकान का किराया टेबल पर रखकर बाहर निकल गये, कहाँ गये किधर गये किसी को नहीं बताया था, उनका लड़का दो तीन दिन तक इंतजार करता रहा फिर निराश होकर जाने लगा तो मछुआरे लड़के ने कहा कि अपने पिता का यह फोन भी ले लो इसीमें तुम्हारी माँ का अंतिम फोटो और दाह संस्कार के फोटो भी है।

मेरे भाई ! यह फोन लेने के तुरंत बाद ही यदि मुझे फोन कर दिया होता तो मैं अपने माँ–बाप को यहाँ से वापस घर ले जाता।

भाई ! यह स्थिति ही नहीं पैदा हुई होती यदि तुमने अपने माँ बाप की इज्जत की होती, प्यार दिया होता, जो आदमी फोन पर भी तुम्हारी आवाज नहीं सुनना चाहता, जो अपना सब कुछ त्याग कर चुका हो, कहीं किसी का मोह नहीं तो मैं कैसे तुम्हे फोन कर देता ? मुझे तो ऐसा लगता है कि तुमलोग उनसे काफी ऊब गये थे, वे लोग तुम्हारे सभी कामो में दखल अंदाजी करते होंगे अब वे लोग कोई दखलअंदाजी नहीं करेंगे।

•••

पत्नी भक्त

आज से 50–60 साल पहले के लोगो की तुलना में आजकल के लड़के अपने को ज्यादा होशियार, दूरदर्शी और बुद्धिमान समझते हैं। या यों कहें कि होते हैं तो अतिशयोक्ति नहीं होगी क्योंकि वे आधुनिक वातावरण और पाश्चात्य शिक्षा से अति प्रभावित रहते हैं। रवि ऐसा ही एक लड़का है, जबकि उसके पिता पुराने विचारों के मृदुभाषी सात्विक और धार्मिक प्रवृति के हैं।

रवि जब भी अपने पिता को मेहनत करते देखता तो कहता, पिता जी ! आप दिन रात इतना मेहनत क्यों करते हैं ? सवेरे उठते हैं तो गायों को छांटी पानी करके खेतों में काम करने चले जाते हैं। शाम को भी आपका यही क्रम चलता रहता है। किसी किसी दिन तो आराम कर लिया कीजिये।

उसके पिता ने कहा कि बेटा ! काम करने से आदमी नहीं थकता है बल्कि शरीर में ऊर्जा का संचार होता है और फिर हमारा कुछ कर्तव्य भी तो है कि मैं अपने बाल बच्चों, माता–पिता की सबकी अच्छी तरह से देखभाल करूं और उनके भोजन पानी का प्रबंध करूँ।

लेकिन पिता जी ! इतना मेहनत करके आपको क्या मिलता है ?

आत्म संतुष्टि !

पिता जी ! यह आत्म संतुष्टि क्या है ?

बेटा ! इस आत्म संतुष्टि को तुम अभी नहीं समझोगे जब बड़े हो जाओगे और कोई समस्या तुम्हारे सामने आएगी तब उसका हल ढूंढने की जो व्याकुलता तुममें होगी और उस व्याकुलता को हल करने के बाद जो तुम्हे प्राप्त होगी उसे ही आत्मसंतुष्टि कहते हैं उसी समय इस संतुष्टि की कीमत तुम्हारी समझ में आएगी। बेटा ! वैसे तो हर एक काम करने के बाद ही संतुष्टि की अनुभुति होती है लेकिन कुछ संतुष्टि यादगार बन जाती है।

पिता जी ! इसे किसी उदहारण के द्वारा समझाइये।

ऐसा है, एक बार देश में भयंकर अकाल पड़ा लोग खाने के लिए दाने–दाने को तरस गये क्योंकि उस ज़माने में आजकल के जैसे न खेती के साधन थे, न पैदावार होती थी। कहते है न कि––

"जब पैर में कांटा चुभता हैं, तब सुई की याद आती है"

जब मैं पढ़ता था तब मेरे कृषि के अध्यापक ने बताया था कि "चीना" एक ऐसी फसल है जो सबसे कम समय में तैयार होती है, यह बात मुझे याद आई क्योंकि अब इसकी जरूरत महसूस हुई, फिर क्या था मैं इस फसल को बोने की तैयारी करने लगा लेकिन समस़्या यह थी कि इस फसल को पानी खूब चाहिए। गर्मी के दिन थे उस समय आजकल जैसे सिचाई के साधन भी नहीं थे। कुएँ से ढेंकुली द्वारा पानी निकालकर सिचाई करनी पड़ती थी। उस समय मेरी उम्र 19 साल की थी। मैं अपने हाथों से कुएँ से ढेंकुल द्वारा पानी खींचता और चीना फसल की सिंचाई करता।

मेरी मेहनत रंग लाई, चीना 60 दिन के अंदर पककर तैयार हो गई उसकी अच्छी पैदावार भी हुई जो "डूबते को तिनके का सहारा"

वाला काम कर गई इससे मुझे जो आत्मसंतुष्टि मिली, वह यादगार बन गई। मेरी माताजी पिताजी बहुत खुश हुए, पूरा गांव मेरी मेहनत और हिम्मत की सराहना करने लगा।

ऐसी मेहनत करके आपने क्या हासिल किया ? जिन्दगी भर वैसे के वैसे ही रह गये क्या उपलब्धि रही आपकी ? केवल हमलोगों की और अपने बूढ़े माता पिता की देखभाल में अपना जीवन गँवा दिया। जब देखो तब अपने माँ बाप के लिए कुछ न कुछ लेते ही रहते है, कभी दवाई, तो कभी उनके मनपसंद की चीजे अभी दो तीन महीने पहले ही उनके पूजा पाठ मे कितना पैसा खर्च कर दिया, उससे क्या मिला आपको ?

हाँ बेटा ! आजकल के बच्चो की सोच ही ऐसी हो गई है वे केवल अपने बारे मे ही सोचते हैं उन्हें समाज और अपनों से कोई लगाव जुड़ाव नहीं है जिससे वे स्वार्थी प्रवृति के होते जा रहे हैं, जबकि आदमी को अपने से ज्यादा अपनों का ध्यान रखना चाहिये।

छोड़िये ! इन दकियानूसी बातों को, आप वहीं अटके पड़े हैं जबकि दुनिया चाँद सितारों तक पहुँच रही हैं।

बेटा ! जिसे तुम दकियानूसी कहते हो, वही हमारे धर्म और संस्कार हैं।

मै नहीं मानता इन बातों को !

यह तुम्हारा दोष नहीं है यह सब अंग्रेज मैकाले की देन है जिसने हमारी सनातन शिक्षा पद्धति को तहस नहस कर दिया। बच्चे पाश्चात्य शिक्षा से प्रभावित होकर अपने आचार–विचार और संस्कार सब छोड़ते जा रहे हैं।

कालेज पास करते ही रवि की नौकरी लग गई इसके कुछ दिनों बाद ही उसके पिता ने उसकी शादी कर दी। नौकरी के दौरान

रवि घर आया तो उसकी माँ ने कहा कि बेटा ! बहु को अपने साथ नौकरी पर लेते जाओ।

हाँ, माँ हाँ ! मैं उसे ले जाने के लिए ही आया हूँ तुम क्या सोचती हो कि तुम कहोगी तभी ले जाऊंगा।

रवि के पिता ने कहा बेटा ! अपनी माँ से ऐसे बात नहीं करनी चाहिए।

आप ही मुझे सिखायेंगे कि किससे कैसे बात करनी चाहिए ?

नहीं बेटा ! आजकल तो पाश्चात्य शिक्षा ने सब कुछ सिखा दिया घर पर हम कितना सिखायेंगे, जो देखोगे वही तो सीखोगे हम कहाँ–कहाँ, क्या–क्या सिखा सकते हैं। आजकल के बच्चे पाश्चात्य शिक्षा के प्रभाव से अपने माँ बाप व बुजुर्गों से बहुत आगे निकल गये हैं। हाँ, बेटा ! एक बात तुमसे कहनी था कि अपने पूर्वजों का मकान बहुत पुराना हो गया है जब समय और पैसा हो तो उसका जीर्णोद्धार करवा देना।

तो क्या आप सोचते हैं कि आपकी और आपके पूर्वजो वाली गलती मैं भी दोहराऊंगा ? आप जैसे अपने पिता की देखभाल के लिए पैसा लुटाते हैं उनके लिए बड़ा–बड़ा धार्मिक अनुष्ठान करते हैं वैसा ही मै भी आपके लिए करूँगा, और आपकी खुशी के लिए बड़े–बड़े धार्मिक अनुष्ठान करके पैसो की बर्बादी करूँगा। मुझसे ऐसी उम्मीद मत रखियेगा मैं अपना जीवन आपकी तरह नरक नहीं बनाऊंगा।

ठीक है बेटा ! जैसी तुम्हारी मर्जी हमारा तो फर्ज है तुम्हें बताना परिस्थितियों से तुम्हे अवगत कराना, बाकि तुम जैसा चाहो करो, हम दोनो बुढ़ापे की तरफ तेजी से अग्रसर हो रहे हैं हमलोगों का...।

बस बस ! रहने दीजिये अपना यह बनावटी विलाप। निर्मला ठीक ही कह रही थी कि मैं आप लोगो से सावधान रहूँ नहीं तो आप

लोग जोंक की तरह चिपटकर हमारी भी जिन्दगी अपनी तरह बर्बाद कर देंग। निर्मला बार–बार यही कह रही है कि मैं आपलोगों की जाल में न फंसू।

नहीं, नहीं ! तुम अपनी जिन्दगी हमारे जैसी बेकार मत करना तुम वही करो जो तुम्हारी पत्नी कहती है क्योंकि तुम्हें रहना है अपनी पत्नी के साथ। हमलोग कितने दिनो के मेहमान हैं आज हैं, कल नहीं। जिन्दगी तो तुम्हें अपनी पत्नी निर्मला के साथ ही व्यतीत करनी है। ठीक है बेटा ! तुम अपनी पत्नी की ही बात मानो "पत्नी भक्त" बनकर रहना ही ठीक है।

तब क्या सोचते हैं कि मै आप लोगो के झांसे में आ जाऊंगा। आपको क्या मिला अपने बूढ़े माँ बाप पर व्यर्थ का पैसा बर्बाद करके ?

सही कह रहे हो बेटा ! यही तो अंतर है आजकल के लड़को और पहले के लोगो में, आजकल के लड़को का दिमाग बड़ा होता है बड़ा सोचते हैं तभी तो सारी दुनियादारी भुलाकर पत्नी भक्त बनते जा रहे हैं। बेटे ! आधुनिक शिक्षा पद्धति और पाश्चात्य सभ्यता से प्रभावित होकर तुम तो हमारा अनुसरण नहीं कर सके लेकिन तुम्हारे बच्चे तुमसे भी तेज बुद्धिवाले और आधुनिकता से ओत प्रोत होकर तुम्हारा अनुसरण अवश्य करेंगे और वे कुछ ऐसा करेंगे जिसकी कल्पना भी तुमने नहीं की होगी।

ठीक है, ठीक है, ज्यादा भाषण देने की जरूरत नहीं है वह सब मैं देख लूँगा कि मेरे बच्चे क्या करेंगे और मुझे क्या करना है ?

बेटा ! कबीर दास की यह पंक्ति "करम गति टारे नाही टरी" मनुष्य को जरुर याद रखनी चाहिए क्योंकि सब मनुष्य अपने–अपने कर्मो का फल भोगते हैं हमलोग भी अपने इस जन्म या पूर्व जन्म में किये गये कर्मो का का ही फल भोग रहे हैं इसमें तुम्हारा दोष नहीं

है, हाँ ! एक बात और याद रखनी चाहिए कि––

"Every action has an equal and opposite reaction"

रवि ने कहा– ज्यादा ज्ञान देने की जरूरत नहीं है।

ठीक है, अब मैं तुमको क्या ज्ञान दे सकता हूँ जैसी तुम्हारी मर्जी करो।

समय का पहिया अपने निर्धारित गति से चलता रहता है। रवि के माता पिता इस दुनिया से चले गये रवि भी अब बुढ़ापे की ओर तेजी से अग्रसर हो रहे थे। रात के दस बज रहे थे घर के वातावरण और बहु–बेटे के व्यवहार से दुखी होते हुए रवि सोने की कोशिश करते लेकिन उनकी नींद उनसे रूठकर दूर चली गई थी क्योंकि जब भी सोने की कोशिश करते बहु–बेटे की कर्कस आवाज उनके कानो में गूंज जाती और वे बेचैन होकर उठकर बैठ जाते।

एकदिन रात को रवि और उनकी पत्नी को सोता देखकर उनका लड़का अपने पत्नी से बोला कि क्यों न हम इन दोनों बुढा बूढी को किसी अनाथालय मे छोड़ आये ?

हाँ, आप ठीक ही कह रहे हैं क्योंकि अब इन लोगो के नखरे बर्दाश्त के बाहर हो गये हैं। अब ये बहुत तंग कर करते हैं इनकी वजह से हम न कहीं जा सकते, न इन्हें घर में अकेले छोड़ सकते हैं ये लोग हमलोगों की स्वतन्त्रता में रोड़े बन गये हैं।

रवि को नींद नहीं आ रही थी वे सोने का बहाना बनाकर लेटे हुए थे। अपने लड़के की यह बात सुनकर झटके से उठे और अपनी पत्नी को सारी बात बताई और सवेरा होने से पहले रात के अँधेरे में दुनिया में कहीं किसी उजाले की तलाश में घर से बिना किसी को बताइए निकल गये लेकिन जाने से पहले रवि ने एक कागज के टुकड़े पर यह लिखकर टेबल पर छोड़ दिया कि बेटा ! मेरी एक आखिरी

सीख मान लेना–

बेटा ! तुम बहुत बड़े आदमी बनो, जो चाहो बनो लेकिन "पत्नी भक्त" नहीं बनना क्योंकि मैं पत्नी भक्त बना जिसका फल भोगने हम दोनों इस दुनिया में कहीं जा रहे हैं।

• • •

सेठ मसुरीलाल

एक छोटे से शहर में सेठ मसुरीलाल रहते थे। शहर के बीचों बीच उनका भव्य आलिशान मकान था, जिसमे वे उनकी पत्नी और दो छोटे बच्चे और नौकर चाकर रहते थे वे अपने प्रदेश के सबसे धनाढ्य व्यक्ति थे। शहर से लेकर पूरे प्रदेश में उनकी तूती बोलती थी। उनके पास दो चीनी मिलों के अलावा अनेको तरह की और भी फैक्ट्रियाँ थी उनके पास अनेको तरह की कारें और जीप थे, लेकिन उनकी पसंदीदा सवारी एक खास किस्म की जीप थी। जिसमें वे अपने भारी भरकम शरीर को उसमे व्यवस्थित कर पाते थे।

जब सेठ जी शहर में होते तो सुबह–शाम सड़कों पर सैर करने निकलते, तब उनके आगे पीछे चलने वाले एक तरफ हट जाते उनका थुलथुल शरीर देखकर नहीं बल्कि उनके विशालकाय शरीर को देखने के लिए। और यह जानकर कि वे पूरे प्रदेश के सबसे धनी व्यक्ति हैं। कई एकड़ में उनका मोटर गराज था, जिसमे अनेको तरह की गाड़ियाँ /कारें खड़ी रहती थीं। पता नहीं उनका नंबर कब आता था उनके दो बच्चे थे, जो अभी छोटे थे। संभवतः इन गाडियों का इस्तेमाल उनके कार्यकर्ता करते होंगे।

मिलों मे फैला "मसुरीसदन" जिसमे विशेष किस्म के आम और

लीची के पेड़ लगे थे। इसके अलावा अमरुद और तरह–तरह के फल लगे थे। अलग–अलग माली इन बागानो की देखभाल के लिए लगे हुए थे, मसुरीसदन में एक आलीशान कोठी नुमा बंगला बना हुआ था जिसमे शायद ही किसी ने सेठ मसुरी को वहाँ उठते–बैठते देखा हो।

सेठ मसुरीलाल को देखकर लोग सोचते होंगे कि ये बहुत खाते होंगे। लेकिन खाने के नाम पर वे बाजरे की मोटी रोटी और साग खाते थे। सेठ मसुरीलाल एक खास किस्म के व्यक्ति थे, वे किसी से मिलना जुलना तो दूर किसी से बात भी नहीं करते थे। शायद वे अपने मीलों व अन्य कारखानों के लोगो से मिलते जुलते और बात करते होंगे। उन्हें कभी भी किसी ने किसी से बात करते न देखा न सुना। उनका ड्राईवर उनके जैसा तो नहीं लेकिन काफी मोटा तगड़ा वह भी था।

अकूत सम्पत्ति के मालिक थे मसुरीलाल जी। लेकिन क्या मजाल कि कभी वे कुछ दान पुन्य कर लें किसी मन्दिर में जाकर भगवान के दर्शन ही कर ले या किसी तीर्थ यात्रा पर ही चले जायें। पता नहीं वे किस मिट्टी के बने थे, कहीं किसी से किसी तरह का कोई लगाव छुआव नहीं, फिर भी दिन प्रतिदिन उनके कारोबार में बढ़ोत्तरी देखी सुनी जाती रही।

सेठ जी की पत्नी को मरे हुए चार साल हो गये थे, उस समय उनका छोटा लड़का पांच साल का था। इसलिए सेठ ने निश्चय किया कि अपने दोनो लड़को को पढने के लिए विदेश भेजना ठीक रहेगा। दोनों लड़को को सेठ जी ने अपने किसी खाश आदमी की देखरेख में विदेश भेज दिया।

शुरू–शुरू मे तो वे लड़के अपने पिता से मिलने भारत आते लेकिन ज्यों–ज्यों वे बड़े होने लगे उनका भारत आना कम होने लगा। दोनों लड़को के जन्म में दो साल का अंतर था। 18 और 20 साल के होते–होते उन्हें न तो अपने पिता से लगाव था न भारत देश से। अब

वे पक्के विदेशी हो चुके थे। सेठ के पास अथाह पैसा था इसलिए उन लड़को की पढाई लिखाई से लेकर खाने–पीने और रहने के लिए खूब पैसा खर्च करते थे। सेठजी सोच रहे थे कि दोनों बच्चे विदेश से पढ़ लिखकर आयेंगे और उनके व्यापार में हाथ बटायेंगे लेकिन उनकी सोच केवल सोच ही रह गई, बच्चे भारत आने का नाम ही नहीं लेते। समय किसी का इंतजार नहीं करता, जबतक सेठ जी की आँख खुलती तब तक काफी देर हो चुकी थी।

"अब पछताए होत क्या जब चिड़िया चुग गई खेत" वाली कहावत यहाँ चरितार्थ हुई। सेठ जी का कारोबार दिनदूना रात चौगुना वैसे ही बढ़ने लगा जैसे उनका शरीर, उनका शरीर न डाक्टरों के कंट्रोल में आ रहा था और न उनके बच्चे उनके कंट्रोल में –

"दोनों तरफ की स्थिति भयावह होती गई"

आखिरकार सेठ जी बिस्तर पर पड़ गये, बच्चों के पास सूचना भिजवायी गई। उन्होंने भारत आकर अपने पिता की दो चार दिन देखभाल की। डाक्टरों से राय विमर्श किया तो डाक्टर ने बताया कि इनकी हालत नाजुक है, अब ये कुछ दिनों के और मेहमान हैं, इनकी देखभाल कीजिये। दोनों बच्चे बैठकर आपस में बातचीत कर रहे थे कि कैसे क्या किया जाए इसी बीच विदेश से फोन आया। तो नौकर ने कहा कि किसी रोमी जी का फोन है।

बड़े लड़के ने कहा हैलो ! रोमी ! हाऊ आर यू ?

उधर से आवाज आई – व्हाट आर यू डूइंग देयर ?

रोमी ! My father is not well doctor has advised to take care -

OK ! no problem, bring him here -

OK -

दुसरे दिन छोटे लड़के ने अपनी पत्नी आईसा को फोन किया तो उसने भी कहा कि don't waste time their come soon.

दोनो लड़कों ने वहीं पर अपनी–अपनी पसंद की शादी कर ली थी। कहते हैं न कि जहाँ धन दौलत रुपया पैसा होगा वहाँ पर लोग खींचे चले आते हैं। यह जरुरी नहीं कि हमेशा –

"भोंरे ही फूल पर मडरायें बल्कि कभी–कभी फूल भी भौरों को अपनी तरफ आकर्षित करते और रिझाते हैं।"

और यही हुआ सेठ के उन दोनों लड़को के साथ, उन दोनो लड़को का शानो शौकत घर मकान, नौकर, चाकर देखकर एक से बढ़कर एक लड़कियाँ उनके आगे पीछे घुमने लगीं और इनको अपने जाल में फंसाने की जुगत करने लगीं। आखिरकार रोमी और आईसा इसमें सफल हुईं और कुछ ही दिनो बाद दोनो ने दोनों भाइयों से कोर्ट मैरेज कर लीं।

इधर सेठ इनकी इस देश दुनिया से अनजान अपने कारोबार में लगे रहे और लड़के जो–जो डिमांड करते सेठ मसुरीलाल जी सब पूरी करते जाते। इस आशा में कि एक दिन लड़के आयेंगे और ये सारा कारोबार संभालेंगे लेकिन वैसा न हो सका। जिस प्रकार सूरदास ने गोपियों की पीड़ा को उधव से अपने पद में कहलाया है कि ––

"मन की मन ही मांझ रही, कहिये जाई कौन पे उधो..."

दोनों लडको ने निश्चय किया कि पिताजी को वे विदेश ले जायेंगे, ले जाने की तैयारी कर ली गई। डाक्टर से जरूरी राय विमर्श करके सब आवश्यक बंदोबस्त हो गया। दूसरे दिन सेठ को साथ लेकर लड़के विदेश जाने के लिए एयरपोर्ट जा ही रहे थे कि सेठ की तबियत अचानक बिगड़ने लगी और अनेको डाक्टरों का प्रयास और रुपया पैसा यहीं पर धरा का धरा रह गया, सेठ जी को नहीं बचाया

जा सका।

सेठ मसुरीलाल के अंतिम संस्कार में दोनों लड़को की पत्नियाँ भी आईं और शामिल हुईं, वे भले से अपने सास ससुर को न देखी हों लेकिन उनके द्वारा अर्जित अकूत धन दौलत सम्पत्ति देखकर अपनी शादी करने पर मन ही मन गुमान करने लगी। उन दोनों विदेशी बहुओं को लगा कि उनका निर्णय बिलकुल सही था, उन दोनों को अपने ससुर के मरने का कोई दुःख नहीं था, बल्कि जब तक वे भारत में थीं तब तक घूम–घूम कर सेठ जी की धन, दौलत, कोठी, फैक्ट्रिज बागान इत्यादि देखती रहीं, और मन ही मन गदगद होती रहीं।

सेठ मसुरीलाल के इस दुनिया से जाने के बाद अब सारा दारोमदार उनके परमप्रिय मित्र स्नेही शुभचिंतक मुरारीलाल के कंधों पर आ गई, सेठ इन्हें "स्टेट" कहकर बुलाते थे। एक दिन मुरारीलाल ने दोनो लडको को अपने पास बुलाया और कहा कि बेटे ! तुम्हारे पिता जी बचपन से ही मेरे घनिष्ट मित्र थे मेरा सुझाव यह है कि तुम दोनों अब विदेश मत जाओ और यही भारत में अपना कारोबार संभालो! इतने में रोमी और अईसा भी वहीं आ गई। मुरारीलाल की बात सुनते ही दोनों भड़क गई,

रोमी ने कहा —how it is possible ?

अईसा ने कहा– do you mean we are fool ? हम लोग इंडिया में नाहीं राह सकटा हम अपने देश जायेगा।

दोनों लड़के वहीं खड़े–खड़े यह सब सुनते रहे कुछ बोलते उसके पहले रोमी ने कहा——आईसा ! चलो tomorrow हाम लोग आपने देश जायेगा।

अंत में दोनों लड़को ने मुरारीलाल से कहा–अंकल ! अब आप आज से ही धीरे–धीरे सारी फैक्ट्रीज जमीन जायदाद मिलो में फैले

बागान इत्यादि डिसपोज़ ऑफ करना शुरू कर दें।

मुरारीलाल अपना माथा पकड़कर बैठ गये और कहने लगे कि क्या सेठ जी ने यही सब दिन दिखाने के लिए मुझे अपने पास रखा था ?

दो तीन साल के अंदर सारा कुछ dispose off हो गया। 'मसुरीसदन' को बिल्डरों ने ले लिया वहाँ प्लाट काटे जाने लगे और मसुरीसदन अब मसूरी गंज बन गया।

सेठ के दोनों लड़के साल मे दो तीन बार आ जाते अपना कारोबार देखने नहीं बल्कि बची खुची प्रॉपर्टीज को डिस्पोज़ ऑफ़ करने। घर के सारे बेशकिमती फर्नीचर बेड, टेबल, अलमारी, सजावट के सामान मिट्टी के मोल बेच दिये गये। घर के लॉकर बढिया–बढिया बड़ी–बड़ी तिजोरियां सबके सब ऐसे हटाये जा रहे थे जैसे ये सामान घर में सड़ रहे हों। जब कबाड़ी वाले घर से सेठ की लॉकर वाली खाश आलमारी कबाड़ी में ले जा रहे थे तो अपने ज़माने के "स्टेट" कहे जानेवाले मुरारीलाल रोने लगे और बोले–

बच्चों! इसे तो मत हटाओ यह पांच टन का लॉकर/आलमारी सेठ जी की जान थी इसे केवल तुम्हारी मम्मी....।

अंकल आप चुप रहिये ! यह कबाड़ लोहा हमारे किस काम का ?

मसुरीलाल की सारी सम्पत्ति प्रॉपर्टीज dispose off हो गई आलीशान मकान में अनेको कम्पनियों के ऑफिस खुल गए। ऊपर के कमरे किरायेदारों को दे दिये गये।

शायद अगली बार जब ये बच्चे आयें तो इस आलीशान मकान को भी dispose off कर दें और उसके बाद वे अपने पिता मसुरीलाल की अथाह सम्पति आलीशान मकान और यहाँ तक कि उनका नामो निशान इस शहर से हमेशा–हमेशा के लिए मिटा दें।

बेसहारा

अगम अपने माता–पिता का एकलौती संतान था उसके पिता भी अपने माँ–बाप के एकलौती संतान थे। अगम अपने पिता की तरह ही बहुत ही धार्मिक प्रवृति का लड़का था उसका ध्यान पढाई–लिखाई के साथ–साथ सामाजिक कार्यों पूजा पाठ में अधिक रहता था, पास के एक मंदिर में प्रतिदिन होते भजन कीर्तन में वह वहाँ जरुर जाता। मंदिर के पुजारी जी बड़े विद्वान और सज्जन पुरुष थे, वे अगम से अपने बच्चे जैसा प्यार करते थे। वे एक दिन अगम को अपने पास बुलाया और कहा –

बेटा ! तुम्हारे पिता जी कल आए थे, कह रहे थे कि तुम शादी नहीं करना चाहते अपनी शादी करने से मना कर रहे हो, जो ठीक नहीं है, शादी समय से कर लेनी चाहिए। शादी समय से कर लेने से बच्चे समय से हो जाते हैं, जो बुढ़ापे का सहारा होते हैं और जरूरत पड़ने पर आगे–पीछे घूमते हैं वैसे भी हमारे धर्म ग्रंथो में गृहस्थ जीवन को विशेष महत्व दिया गया है।

पंडित जी ! आप जो कह रहे हैं वह सब सही है, लेकिन यह बताइये कि मंदिर के सामने वाले अंकल के बच्चों ने बुढ़ापे में क्यों उन्हें छोड़ दिया है ?

पंडित जी निरुत्तर हो गये, लेकिन थोड़ी देर बाद सम्भल कर बोले–

बेटा ! यह आजकल की शिक्षा का प्रभाव है, बच्चो पर पाश्चात्य शिक्षा हावी होती जा रही है और कुछ माँ बाप भी इसमे सहयोग कर रहे हैं। उनका अपने बच्चो पर कोई अंकुश नहीं है उन्होंने अपने बच्चो को खुली छूट दे रखी हैं।

लेकिन पंडित जी ! सामने वाले अंकल तो अपने बच्चो को बहुत कायदे से रखते थे उनपर अंकुश भी रखते थे, और रोका टोकी भी करते थे।

हाँ ! कोई क्या कर सकता है जिसको जैसा बनना होता है वह वैसा ही बन जाता है कुछ भाग्य का भी खेल होता है।

अगम पर पंडित जी के समझाने का असर हुआ और वह शादी के लिए राजी हो गया। उसके पिता जी ने उसकी शादी बड़ी धूम धाम से कर दी। अगम अपनी पढाई पूरी करने के बाद उसी शहर के एक प्रतिष्ठित कालेज में इकोनामिक्स का लेक्चरर नियुक्त हो गया उसका वैवाहिक और पारिवारिक जीवन बहुत ही सुचारू रूप से और सुखमय चलने लगा। शादी के चार साल तक जब अगम को बच्चा नहीं हुआ तो उसकी माँ ने बेटे बहु की डाक्टरी जाँच भी करवाई। डाक्टर्स ने कहा कहीं कोई गड़बड़ी नहीं है, बच्चा होगा।

कुछ दिनों के बाद अगम की माँ मंदिर के पंडित जी के पास गई और बोली– पंडितजी ! कल मैं अपने अगम की कुंडली भेजती हूँ जिसे आपने ही बनाया है देखिए कि उसके बाल बच्चे होने का कब संयोग बनता है ? उसके शादी का पांचवां साल चल रहा है लेकिन अभी तक कोई बच्चा नहीं हुआ।

पंडित जी ने कहा कि आप घबराइये नहीं! अगम एक संस्कारिक

और धार्मिक विचारो वाला लड़का है भगवान चाहेंगे तो उसके बच्चे होंगे।

फिर भी आप अगम की कुंडली देखिये कि कहाँ रुकावट आ रही है।

ठीक है, पंडित जी ने कहा।

दुसरे दिन अगम अपनी कुंडली लेकर पंडित जी के पास आया और कहा कि लिजिये पंडित जी माँ ने मेरी कुंडली दी है आपको देने के लिए।

हाँ ! वे कह रही थीं कि मैं तुम्हारी कुंडली देखकर बताऊँ कि तुम्हारे बच्चे होने का कब संयोग बनता है ?

ठीक है पंडितजी ! माँ को बता दीजियेगा, अब मैं काम पर जाता हूँ, काम का समय हो रहा है।

अगम और उसकी माँ प्रतिदिन अपने समयानुसार मंदिर जाते लेकिन कई दिन बीत जाने के बाद भी जब पंडित जी कुछ नहीं बताया तो अगम की माँ ने एक दिन पंडित जी से पूछ ही लिया–

पंडित जी ! कितने दिन हो गये आपने यह नहीं बताया कि क्या लिखा है मेरे बेटे की कुंडली में ?

माता जी ! आप घबराये नहीं, चिंतित न हों जो भी लिखा होगा वह सब ईश्वरीय विधान होगा हम और आप इस दुनिया में आये हैं अपना–अपना कर्म करने फल प्राप्ति की इच्छा भगवान पर छोड़ देनी चाहिए। जैसा वे चाहेंगे वैसा ही करेंगे हमलोग सोचकर घबराकर कुछ नही कर सकते।

मैं आपकी बात नहीं समझी पंडित जी !

मेरे कहने का मतलब है कि ईश्वरीय विधान के आगे मनुष्य

लाचार हो जाता है वह कुछ नहीं कर सकता।

पंडित जी आप साफ–साफ बताइए !

देखिये ! बात ऐसी है कि अगम की कुंडली में संतान योग नहीं है जिसका पिछले जन्म के किसी बात से इसका कुछ नाता है उसमें हम और आप कुछ नहीं कर सकते। आप अगम को यकायक न बताकर धीरे–धीरे उसे इस बात को बतायें तो अच्छा होगा।

यह बात धीरे–धीरे परिवार के सभी सदस्यों को पता चल गई अब सभी ने अपने अपने आचार विचार व व्यवहार में इस बात को समाहित कर लिया, लेकिन सबसे ज्यादा अगम की माँ चिंतित रहने लगी। जिसका परिणाम यह हुआ कि वे दो साल के अंदर ही इस दुनिया से चल बसीं।

अगम के पिता बार–बार सोचते कि मेरे बुढ़ापे का सहारा तो मेरा लड़का है लेकिन इसके बुढ़ापे का कौन सहारा होगा ? यह सोच सोच कर वे और भी दुखी हो जाते कि अगम के आगे–पीछे कोई नहीं है, न इसका कोई भाई है, न कोई बहन। तो हमारें न रहने पर इन दोनों पति पत्नी का बुढ़ापे में कौन सहारा बनेगा ? इसी सोच मे रहते –रहते अगम के पिता भी बीमार पड़ गये, अगम और उसकी पत्नी ने उनकी खूब अच्छी तरह से उनका देखभाल की। फिर भी वे इस दुनिया को छोडकर चले गये।

अबतक अगम भी रिटायर हो गये थे घर में दोनो पति–पत्नी रहते थे। अगम ने अपने रिटायर होने से पहले ही अपने पिता के पुराने मकान को तुड़वाकर नया बना दिया था। जब पति–पत्नी दोनों साथ बैठते तो उनके सामने यही यक्ष प्रश्न खड़ा हो जाता कि हमलोगों का बुढ़ापे में कौन देखभाल करेगा ?

अगम की पत्नी बोली– क्या हमीं लोगों ने सब पाप किये हैं कि

बुढ़ापे में कष्ट भोगना पड़े ? अभी तो हमलोग चल फिर सकते है। 5 –7 साल बाद क्या होगा? जब हम चलने फिरने में असमर्थ हो जायेंगे जायेंगे, तो सोचेंगे।

उस समय क्या सोचना ! अभी से कुछ सोचना पड़ेगा ! अगम ने कहा।

हाँ ! कल रात से मेरे दिमाग में एक बात आ रही है जिसपर आपसे विचार विमर्श करना था।

कौन सी बात ? अगम ने पूछा।

अगम की पत्नी ने पूरी बात बताई जो उसे बेहद पसंद आई।

समय बीतता गया आखिर दोनों पति–पत्नी अपने अंतिम समय की तरफ तेजी से बढ़ने लगे उन्हें लगा की अब वे दोनो कुछ समय महीनो या सालो बाद चलने फिरने में असमर्थ हो जायेंगे तो... वे अपनी प्लानिंग के अनुसार काम करने लगे।

अगम ने अपने आस पड़ोस के सभी लोगो को एक–एक बंद और सील्ड लिफाफा दिया और कहा कि यह आप लोग हम दोनों के अंतिम समय के दिन खोलियेगा क्योंकि आप लोगो के अलावा हम दोनों का और कौन है ? पड़ोसी ऐसी बातें सुनकर द्रवित हो गये, सबने कहा कि आप लोग चिंता न करें हम सब लोग आपके के साथ में हैं।

एक दिन अगम की पत्नी बीमार हो गई योजना के अनुसार पूर्व निर्धारित डाक्टर को बुलाया गया। आस–पास के सभी पड़ोसी इकट्ठा हो गये। कुछ देर जाँच पड़ताल करने के बाद डाक्टर ने अगम की पत्नी को मृत घोषित कर दिया। अब सभी पड़ोसी और दुसरे लोग इकट्ठा होकर अगम की पत्नी को श्मशान घाट ले जाने की तैयारी करने तब अगम ने कहा–

भाइयों ! यह अंतिम समय का नकली रिहर्सल था हमारी पत्नी की योजना के अनुसार डाक्टर साहब भी ने भी इसे मृत घोषित कर दिया है। वो कह रही थी कि देखते हैं हम लोगो की योजना कितनी कारगर होती है। अगम ने अपनी पत्नी के ऊपर से चादर हटायी और कहा कि उठो भाग्यवान ! तुम्हारी योजना सफल रही, अरे उठो भी ! हो गया नाटक सुनती क्यों नहीं ? अरे उठो भी बहुत हो गया यह नाटक। कई बार हिलाने के बाद भी अगम की पत्नी नहीं उठी तो अगम गुस्से में अपनी पत्नी को उठाकर बैठा दिया लेकिन यह क्या ?

वह लुढ़क गई उसका चेहरा विकृत हो चुका था, वहाँ उपस्थित लोग और डाक्टर साहब समझ गए कि लगता है कि कुछ अनहोनी हो गई। जब ध्यान से देखा गया तो अगम की पत्नी मर चुकी थी अगम जोर–जोर से रोने लगे।

नीना ! तुमने यह क्या कर दिया नाटक करते–करते तुमने उसे वास्तविक्ता में बदल दिया। अब तुम्हीं बताओ ! मै कहाँ किसके पास जाऊंगा ? यह कहते–कहते अगम चक्कर खाकर गिर पड़े और बेहोश हो गये। मौके पर मौजूद लोगों ने बहुत कोशिश की कि अगम को हॉस्पिटल ले जाया जा सके लेकिन सब कोशिश व्यर्थ हो गई अगम को भी नहीं बचाया जा सका।

दोनों पति–पत्नी का अंतिम संस्कार उनके पड़ोसियों ने एकसाथ कर दिया। अंतिम संस्कार बाद जब पड़ोसियों ने अपना–अपना एन्वेलप खोले तो देखकर चौंक गये कि सबके एन्वेल्प में 25, 25 हजार रूपये और मकान का वसीयत नामा उनके नाम से था।

पांचो पड़ोसियों ने मिलकर उस मकान में एक वृद्धाश्रम खोल दिया, ताकि भविष्य मे कभी किसी को बेसहारा न होना पड़े।

•••

तड़प

अंजू ! क्या तुम्हें मालूम है कि कल हमलोगों की शादी की पहली साल गिरह है ?

हाँ, है तो क्या करना है ?

मैं सोचता हूँ कि अपनी शादी की पहली साल गिरह हमलोग खूब धूम धाम से मनायेगें, क्योंकि भविष्य में कल क्या हो, कौन जानता है ?

ठीक है, लेकिन भगवान ने चाहा तो हर साल हमलोग अपनी शादी का साल गिरह धूमधाम से ही मनायेंगे। अंजू ने कहा।

सरल अगले दिन की तैयारी में लग गया उसने अपने पत्नी से पूछा कि तुम कहो तो अपने ऑफिस के कुछ लड़को को भी बुला लूं लेकिन उसमे से जो दो चार खास हैं वे बैचलर हैं।

तो उससे क्या हुआ आयेंगे, खाए पियेंगे और अपने–अपने घर चले जायेंगे।

ठीक है, उन्हें भी आमंत्रित करता हूँ।

दुसरे दिन शाम को सरल के घर पर एक शानदार पार्टी हुई

सभी दोस्त गिफ्ट में कुछ न कुछ लाये थे लेकिन अबिरल सबसे हटकर एक खास गिफ्ट लाया था जिसपर लिखा था कि –

"इसे किसी खास मौके पर ही खोलें"

अंजू ने खाना ऐसा बनाया था कि सभी उसकी तारीफ करते नहीं थक रहे थे अबिरल ने तो अंजू की खूब प्रसंसा की।

इस पार्टी के बाद परिणाम यह हुआ कि अबिरल करीब–करीब हर सन्डे को अंजू भाभी के हाथ का चाय पीने आने लगा और कभी हलवे की तो कभी उपकोड़े की फरमाईश करता, सरल भी इस बात को बुरा नहीं मानता वह सोचता कि अभी अबिरल की शादी नहीं हुई है इसलिंए यह सब इसे खाने को मन करता होगा।

यह क्रम ऐसे ही चार पांच सालो तक चलता रहा सरल भी अपने नाम की तरह सरल एवं सीधा था उसने भी अबिरल की इन हरकतों पर ध्यान नहीं दिया।

इन पांच सालों में सरल एक लड़का और एक लड़की का बाप बन गया उसका पारिवारिक जीवन बहुत ही सुख पूर्वक व्यतीत हो रहा था। एक दिन वह अपने दोनों बच्चो को स्कुल छोड़कर आया और ऑफिस जाने के लिए तैयार होने लगा तो उसकी पत्नी अंजू ने पूछा कि नाश्ते में आपके लिए क्या बना दूँ ?

सरल ने कहा – जो मर्जी बना दो !

ठीक है तो पकोड़े बना देती हूँ क्योकि तुम्हारे दोस्त अबिरल को पकोड़े बहुत पसंद है।

तो तुम्हे अबिरल की कैसे याद आ गई ? सरल ने पूछा।

यूं ही मैंने ये बात कह दी क्योंकि उसे पकोड़े बहुत पसंद हैं।

यह बात सरल को अटपटी लगी उसने सोचा कि क्या बात है

कि सवेरे–सवेरे अंजू को अबिरल और पकोड़े याद आ गयी। सरल के मन मे चोर घुस गया उसका दिमाग चकराने लगा फिर भी उसने अपने को कण्ट्रोल किया और बनावटी हंसी हँसते हुए हाय, अंजू ! कहता हुआ ऑफिस जाने के लिए घर से निकल गया लेकिन जाने से पहले घर के पीछे वाला दरवाजा चुपके से खोलता गया जबकि उस दरवाजे से आना जाना ना के बराबर होता था।

सरल के जाते ही अंजू ने मोबाइल उठाया और कहा कि जल्दी आ जाओ गरमा गर्म पकोड़े बना रही हूँ। उधर पिछले दरवाजे से सरल घर के अंदर आकर एक जगह छुप गया।

दरवाजे की घंटी बजते ही अंजू पहुँच गई और कहा–

हाय जानेमन ! आ जाओ तुम्हारे लिए गर्मागर्म पकोड़े बनाये हैं, अंजू और अबिरल दोनों ने साथ बैठकर पकोड़े खाए और चाय पी। फिर अंजू अपने बेड रूम मे आ गई तो पीछे–पीछे अबिरल भी आ गया।

अंजू ! यह तुमने बहुत अच्छा किया गिफ्ट पैक आज खोलकर क्योंकि मैंने उसपर लिखा भी था कि इसे किसी विशेया अवसर पर ही खोलें ...

हाँ इससे बढ़िया अवसर कब आता ? अंजू ने कहा।

अरे अंजू वाह ! तुमने तो गिफ्ट वाली चादर ही बिछाया नहीं है बल्कि कान में बाली और नाक में हीरे वाला लौंग भी पहना है क्या गजब की खुबसूरत लग रही हो ? जी करता है कि ...

हाँ, एक बात है कि तुम अपनी बात की पक्की हो, तभी तो जब भी जो कुछ फरमाईश मैं करता हूँ तुम मान जाती हो।

अबीरल ! तुम्हारी बात नहीं मानूंगी तो किसकी मानूंगी ?

क्यों, सरल की बात..

अरे छोड़ो ! सरल वरल को, अब तो मैं तुम्हे ही अपना दिल दे बैठी हूँ, तुम्हारे बिना तो मेरा एक मिनट भी जी नहीं लगता जी करता है कि तुम्हे हमेशा अपने सामने देखती रहूँ।

यदि सरल जान जायेगा तो बहुत बुरा होगा। उस समय हम क्या कहेंगे और करेंगे ?

छोड़ो उन बातों को उसका भी उपाय मैने सोच रखा है।

वह क्या ? अबिरल ने पूछा।

वो समय आने पर बताउंगी।

इसके आगे सरल कुछ नहीं सुनना चाहता था वह अब सारी बात समझ चुका था कि बात काफी आगे बढ़ चुकी है। वह अब समझा कि अंजू का व्यवहार आजकल क्यों बदला बदला सा लग रहा है, अब उसे अपनी एक बहुत बड़ी गलती का भी अहसास हुआ कि उसने अपने नाम का मकान अंजू के नाम से क्यों कर दिया। अब उसके समझ में आया कि क्यों अंजू बार–बार कहती थी कि मकान हमारे नाम से कर दीजिये क्योंकि आपके पास बाप दादा की प्रॉपर्टी है जमीन जायदाद है, मेरे पास तो कुछ भी नहीं है।

सरल उस दिन ऑफिस नहीं गया जबकि जाना बहुत जरुरी था, अंजू और अबिरल की बातें सुनकर उसके दिमाग की नसें फटी जा रही थीं, वह चुपके से घर से बाहर निकलकर दो तीन घंटे तो इधर उधर घूमता रहा फिर जल्दी ही घर के अंदर आ गया। उसे देखते ही अंजू ने पूछा, क्या हो गया इतनी जल्दी घर आ गये ?

मन नहीं कर रहा था काम करने का, तो वहां बैठकर क्या करता ?

तुम तो कह रहे थे कि आज कोई जरुरी मीटिंग है !

हाँ थी तो, लेकिन जब काम करने का मन ही न हो तो काम क्या होगा ? बच्चो का स्कुल से आने का समय हो गया है, मैं स्कुल से उन्हें लेकर आता हूँ।

बच्चो को छोड़ो ! क्या बच्चो को मैं तुम्हारे भरोसे छोड़ दूंगी ? मैंने उनके लिये स्कुल वैन का इंतजाम कर दिया है वे आते ही होंगे। इतने में स्कुल वैन आ गई सरल लपक कर बच्चों की तरफ गया लेकिन ये क्या ? दोनों बच्चे पिता से दूर हटकर घर के अंदर चले गये सरल भौंचक्का होकर देखता ही रह गया।

सरल धीरे–धीरे सब कुछ समझने लगा कि कुछ दिनों से उसके बच्चे उसके पास क्यों नही आ रहे हैं, इधर अंजू भी अब सरल से बेरुखी से बात करती। कभी–कभी तो यह कह देती कि आज टिफिन बॉक्स नहीं रखूंगी वहीं ऑफिस में ही कुछ खा लेना किसी किसी दिन तो सरल नाश्ते से भी वंचित रह जाता।

सरल के मन में जो चोर समा गया था वह सही साबित हुआ क्योंकि वह सबकुछ अपने कानो से सुन चुका था उसने सोचा कि सुनी सुनाई बातों पर विश्वास करना ठीक नहीं है इसलिए कमरे में एक गुप्त कैमरा लगाकर सच्चाई की परख करता हूँ, दूसरे दिन उसने अंजू से कहा कि आज वह देर से ऑफिस से आएगा क्योंकि कुछ लोग बाहर से आ रहे हैं, ऐसा कहकर वह अपने कमरे में एक गुप्त कैमरा लगाया और ऑफिस चला गया। अगले दिन उसे आफिस में ले जाकर देखा तो उसके पैरो तले जमीन खिसक गई उसे चक्कर आ गया और गिरते गिरते बचा।

अब वह अनमना सा रहने लगा कभी ऑफिस जाता, कभी नहीं जाता, किसी प्राइवेट कम्पनी में वह किसी बड़े पोस्ट पर था ऑफिस

में उसका रेपुटेशन गिरने लगा उसकी नौकरी पर खतरे के बादल मंडराने लगे। वह अपने बच्चों से मिलने व बात करने के लिए तरसने लगा, जब वह अपने बच्चों को बुलाता तो अंजू उन्हें उसके पास जाने से मना कर देती जो सरल की तड़प को और बढ़ा देती।

एक दिन वह ऑफिस जाने के लिए घर से निकला ही था कि पड़ोस के एक अंकल ने कहा–

सरल ! लगता है कि आजकल तुम ऑफिस कम जाते हो तभी तो तुम्हारा दोस्त तुमसे मिलने तुम्हारे घर हर दुसरे तीसरे दिन आता रहता है।

हाँ अंकल ! सरल झेपते हुए कहने लगा।

एक दिन वह ऑफिस जाने लगा तो अंजू ने कहा कि सुनो ! तुम ऑफिस आने जाने के लिए अपने लिए कहीं कोई घर ढूंढ लो !

तुम क्या कह रही हो होश में तो हो ? यह मेरा घर है मैंने इसे बनवाया है अपने सुख सुविधा के लिए।

भूल जाओ अपना घर ! यह घर मेरा है मेरे नाम से है। मैने कोर्ट में केस कर दिया है, तुम्हे यह घर खाली करने और साथ में तलाक के लिए भी।

सरल को लगा कि उसके शरीर का सारा खून यकाएक किसी ने निचोड़ लिया है।

सरल सब भूल गया कि कैसा ऑफिस कौन सा ऑफिस और विक्षिप्त अवस्था मे वहीं सोफे पर गिर गया। कोर्ट से नोटिस आया और पहली ही सुनवाई में ही जज ने उससे पूछा कि–

मिस्टर सरल ! क्या बात है, तुम्हारी पत्नी तुमको तलाक क्यों दे रही है ?

श्रीमान जी ! तलाक मैं नहीं चाहता, तलाक मेरी पत्नी चाहती है।

मिसेज सरल ! क्या आप अपने पति को प्यार नहीं करती ?

जी नहीं, पहले करती थी लेकिन अब बिलकुल नहीं– सरल बोला।

मिस्टर सरल ! क्या आप अपनी पत्नी को प्यार करते हैं ?

जी जज साहब! मेरी पत्नी इतनी सुंदर सुशील कर्मठ और मृदुभाषी है कि दिल करता है कि उसकी आरती उतारूँ और पूजा करूँ लेकिन उसके एक अवगुण ने सब पर पानी फेर दिया।

तुम क्या बोल रहे हो, क्या तुम्हारे पास जो कह रहे हो, उसका कोई सबुत है?

जी जज साहब ! लीजिये यह विडियो ! जिसे मैं अपने साथ लाया हूँ।

कोर्ट रूम में कुछ देर के लिए सन्नाटा छा गया।

जज ने अपनी टीम को वह विडियो जाँच करने के लिए दिया जो जाँच में सही पाया गया।

बात की सच्चाई को समझते हुए जज ने पूछा–

अंजू जी ! क्या आप अपने सफाई में कुछ कहना चाहती हैं ?

उत्तर में अंजू ने नकारात्मकता में अपना सिर हिला दिया।

सब बातो का संज्ञान लेते हुए जज ने फैसला दिया कि–

दोनों बच्चे अंजू के पास रहेंगे और अंजू अपना और अपने बच्चों का पालन पोषण की जिम्मेदारी खुद संभालेगी चूँकि सरल कोई नौकरी नहीं कर रहा, इसलिए सरल की अंजू के प्रति कोई जिम्मेदारी

नहीं होगी।

मिस्टर सरल ! आपको तीन महीने का समय दिया जाता है आप अपने लिए कोई ठिकाना ढूंढ़ लीजिये और वह मकान खाली कर दीजिये।

सरल ने अब अपने लिए घर से कहीं दूर एक कमरे का मकान ले लिया और घर से अपने कपड़ो के अलावा कुछ नहीं ले जा सका, अंजू ने उसे कोई भी सामान नहीं ले जाने दिया। यहाँ तक कि अंजू ने उसे अपने बच्चो से मिलने तक नहीं दिया।

अगले रविवार को सरल विक्षिप्त हालत में अपने दोस्त अबिरल के घर गया और कहा अबिरल ! कोर्ट से हमारा और अंजू का तलाक हो गया है, इसलिए आज तुमसे मै कोई खास बात कहने आया हूँ।

हाँ कहो ना !

मै चाहता हूँ कि तुम "अंजू को खुलेआम अपने पास रख लो" क्योंकि तुम दोनों की सच्चाई अब जग जाहिर हो गई है। मुझसे और पूरे समाज से कुछ भी नहीं छिपा है सरल ने कहा।

सरल ! तुम क्या सोचते हो तुम्हारे जैसे मैं भी पागल हूँ ? मुझे अंजू को अपने पास रखने की क्या जरूरत है ?

सरल अब कभी ऑफिस जाता, कभी नहीं जाता। परिणाम यह हुआ कि वह नौकरी से हटा दिया गया, अंजू इन खबरो से बेखबर पहली तारीख को सरल के पास whatsup मेसेज भेजी–

"Mr. Saral ! deposit so much tution & exam fees to childrens school"

बच्चों का फोन तो आता नहीं था, लेकिन अब अंजू का फोन भी आना बंद हो गया। बच्चों से बात करने और उनका हालचाल जानने के लिए सरल तड़प जाता। इसी बेचैनी और तड़प में सरल को नींद

आ गई।

"अंजू ! क्या तुम्हें पता है कि कल हमारा 25 वां साल गिरह है इसबार हम इसे धूमधाम से नहीं, बल्कि अकेले मनाएंगे लेकिन हाँ ! बच्चो को साथ में जरुर रखना ताकि मैं उन्हें जी भरकर देख सकूँ मेरे प्यारे बच्चे ! कितने साल हो गये तुम्हे देखे हुए, जी चाहता है तुम दोनो को गले से लगा लूँ, बच्चों ! मुझसे दूर नहीं जाना अपने मम्मी के कहने पर भी मुझसे दूर नहीं...जाना अरे ! तुम दोनों जा रहे हो नहीं.. नहीं... मत.. जाओ "अंजू ! बच्चो को मत ले जाओ ! अंजू ! तुम बोलती क्यों नहीं, अंजू ! अंजू ! तुम बच्चो को लेकर चली गई। मैं अपने दोनों बच्चो को नहीं देख सका।"

इसी घबराहट मे सरल की नींद खुल गई और उसका सपना भी टूट गया फिर वह पूरी रात बच्चों व पत्नी की याद में तड़पता ही रहा।

•••

दुल्हन

दो दोस्त अनुनय विनय अपने स्नातकोत्तर की पढाई पूरी करने के बाद विभिन्न परीक्षाओ की तैयारी कर रहे थे तो एक दिन अनुनय ने विनय से पूछा– विनय यह बताओ कि शादी शहरी लड़की से करनी चाहिये या देहाती लड़की से ?

यह बात तुम्हारे दिमाग मे कैसे आ गई ? विनय ने पूछा।

इसलिए कि मेरी शादी मेरे दादा जी ने किसी देहाती लड़की से तय कर दी है जबकि मेरे पिता जी चाहते थे कि मेरी शादी किसी शहरी लडकी से हो। अनुनय ने कहा।

तो इससे क्या फर्क पड़ता है ? विनय ने कहा !

हाँ ! फर्क पड़ता है न ! अनुनय ने कहा।

वो कैसे ? विनय ने पूछा।

अनुनय ने कहा कि शहरी लड़की बहु बनती है जबकि देहाती लड़की दुल्हन, मेरे दादा दादी को दुल्हन ही पसंद है।

ठीक है दादा दादी पुराने विचारो वाले हैं इसलिए उनकी बात की भी कद्र करनी चाहिए।

हाँ, तुम ठीक कह रहे हो विनय ! हमारे दादा दादी पुराने ज़माने के हैं तभी तो वे पुराने संस्कारों मे विश्वास करते और उसे पसंद करते हैं, पहले के लोग पर्दे में रहना पसंद करते थे बड़े बूढों के सामने मुंह ढक कर रहते थे यहाँ तक कि नई–नई बहु किसी के सामने कुछ खाती भी नहीं थी, आजकल की बहुयें तो शादी के तुरंत बाद ही हाथ में हाथ डालकर घुमने से लेकर साथ–साथ खाने के अलावा एक दुसरे को अपने हाथ से खाना भी खिलाती हैं, हमारे दादा जी कहते हैं कि विदेशी सभ्यता ने हमारे समाज को बर्बाद कर दिया है।

विनय ! देहाती और शहरी लडकियों में अंतर को समझने के लिए तुम्हें मैं अपने सोशल साइंस पढ़ाने वाले सर द्वारा कही गई एक सच्ची घटना जो उन्होंने हम लोगो के क्लास में सुनाई थी उसे तुम्हे सुनाता हूँ घटना बहुत रोचक है ध्यान से सुनो..

"सर जी के एक दोस्त की शादी 19 साल में ही हो गई थी। शादी के बाद ही उसकी नौकरी लग गई और जब वह अपने नौकरी पर जाने लगा तो अपनी नई नवेली पत्नी दुल्हन से बोला कि मैं छुट्टी में आऊंगा तो तुम्हे घुमाने ले चलूँगा। जब वह कुछ दिन बाद आया तो अपनी माँ से बोला – माँ ! हमलोग कल शहर घुमने जायेंगे क्योंकि कई महीने हो गये यह बेचारी घर से बाहर नहीं निकली।

माँ ने कहा– यह बात ठीक नहीं है लोग क्या कहेंगे ?

क्या कहेंगे, उन्हे इससे क्या मतलब ?

हमारी परम्परा यह है कि नई नवेली दुल्हन को घर से बाहर नहीं निकलने देते।

उस लड़के ने कहा, माँ ! मैं ऐसी अरंपरा परम्परा को नहीं मानता जो बहु को घर मे कैद करके रखे और दुसरे ही दिन सवेरे वह

अपनी पत्नी को लेकर ट्रेन से एक बड़े शहर में पहुँच गया और रिक्शे में बैठकर एक होटल की तरफ चला। रास्ते भर वह अपनी पत्नी को समझाता रहा कि हम घर से बहुत दूर बाहर आ गए हैं यहाँ घूँघट मत निकालना। नहीं तो लोग देखकर हँसेंगे उसकी पत्नी ने भी हाँ में सिर हिला दिया। इतने मे होटल आ गया और वह लड़का बोला कि चलो नीचे उतरो, लेकिन घुंघट मत करना ! यह कहकर वह लड़का रिक्शे से नीचे उतरा, उसीके पीछे उसकी पत्नी भी उतरी उतरते ही उसने पूरा घुंघट निकाल लिया।

सर का दोस्त कहता रहा कि घुंघट हटा दो, लेकिन उसकी दुल्हन ने घुंघट नहीं हटाया !

विनय ने पूछा – उसके बाद क्या हुआ ?

उसके बाद होटल के एक केबिन में वे दोनों जाकर बैठे।

क्या वहाँ भी उसकी पत्नी ने घुंघट निकाल रखा था ?

हाँ, विनय ! आदत जो पड़ी थी उसकी, नहीं चाहते हुए भी उसके हाथ अपने आप घुंघट को नीचे खिंच देते, उनके दोस्त ने कहा कि इस केबिन में ऐसा मत करो ! हाँ, कहकर उसने घुंघट ऊपर कर लिया इतने में ही बैरा आर्डर लेने आया तो सर के दोस्त की पत्नी ने झट से घुंघट गिरा लिया।

उसके बाद क्या हुआ ?

उसके बाद तो उनका दोस्त व बैरा दोनो हंसने लगे, उनका दोस्त गुस्से में बोला – अब यहाँ से बाहर निकलने के बाद घुंघट मत गिराना उसने हाँ में सर हिलाया और होटल से बाहर निकलते ही उसने घुंघट फिर से नीचे गिरा लिया।

तब !

तब सर का दोस्त खूब हँसा और लोग भी कौतुहल भरी निगाहों से उन्हीं दोनों को देखने लगे।

सर के दोस्त ने अपनी पत्नी की एक और कहानी बताई वह और भी रोचक है उसे भी ध्यान से सुनो !

सर के दोस्त ने बताया कि उसकी पत्नी 8वीं तक पढ़ी लिखी है, लेकिन उसके बाद उसकी पढाई बंद हो गई क्योंकि पास में कोई स्कुल नहीं था यहाँ तक की आजकल के ज़माने में भी उसके घर में टीवी नहीं है। गाँव के लोग अपने बड़ी होती बच्चियों को घर से बाहर बहुत कम ही निकलने देते हैं उसी का परिणाम है यह घटना जो मैं तुमसे कहने जा रहा हूँ..

अनुनय ने दूसरी घटना सुनाना शुरू किया...

"सर का दोस्त पहली बार अपनी पत्नी को सिनेमा हाल ले गया वे सिनेमा हाल के अंदर घुसे तब गेट कीपर ने टॉर्च दिखाकर उन्हें उनके सीट पर पहुँचा दिया सीट पर बैठते ही दोस्त की पत्नी बोली कि–

"ये लोग क्या सिनेमा दिखायेंगे रोशनी का तो कोई प्रबंध किया नही हैं इन्होंने"

अरे ! यहाँ कोई नाच गाना नौटंकी नहीं होने जा रही है कि यहाँ लाइट का प्रबंध किया जायेगा। दोस्त ने कहा।

तो क्या अँधेरे में ही सिनेमा दिखायेंगे ?

तुम चुप रहो ! कोई सुनेगा तो क्या कहेगा ?

क्या तुमने अभी तक कोई सिनेमा नहीं देखी है ?

देखा हैं न ! मेरे चाचा ने अपनी लडकी की शादी में दरभंगा वाली मशहुर ड्रामा कम्पनी मंगाई थी। उसमे बहुत बड़े–बड़े कलाकार

आये थे, ये सिनेमा वाले कहाँ से आ रहे हैं ? दोस्त की पत्नी ने पूछा!

क्या तुम पहली बार की घुंघट वाली घटना दुहराना चाहती हो ?

इतने में सिनेमा हाल की टिमटिमाती रोशनी भी बंद हो गई।

लो ! जो थोड़ी बहुत रोशनी थी वह भी ...

सिनेमा हाल के परदे पर कुछ प्रचार आने लगे ! जैसे सबकी पसंद निरमा... ये क्या यही दिखायेंगे क्या ?

इतने में पिक्चर शुरू हो गई। राजकुमार को देखते ही सर के दोस्त की पत्नी पहचान गई और बोली अरे वाह ! राजकुमार भी आये हैं इन्हें देखते ही मैं पहचान गई, इन्ही का फोटो आपने कमरे मे लगाया हैं ना।

हाँ, भाई हाँ ! अब तो तुम बिल्कुल चुप रहना पूरी पिक्चर के दौरान कुछ मत बोलना।

ठीक है, कहकर वह आश्चर्यजनक तरीके से सामने देख रही थी तभी एकाएक चिल्लाई ! वो देखो वह कितनी ऊंचाई से कूद रहा है जरुर मरेगा।

तुम चुप रहो ! अब मुंह मत खोलना लेकिन पहली बार पिक्चर हाल में आई मास्टर साहब के दोस्त की पत्नी कहाँ मानने वाली थी, बात–बात पर चिल्लाने लगती वह गिरेगा, मरेगा इतनी जल्दी वहाँ कैसे पहुँच गया अभी तो उधर था ? ऐसे वैसे कमेंट से परेशान होकर सर के दोस्त अपनी पत्नी को लेकर बाहर आ गये और कहने लगे कि अब तुम घर चलो तुम सब जगह मेरी बेइज्जती करवा दोगी लोग कहेंगे कि ये औरत कितनी गंवार है।

अच्छा ये बताइए कि जब राजकुमार गाना गा रहा था कि–

"आजा तुझको पुकारे मेरा प्यार"

तो उस समय बाजा बजाने वाले कहाँ बैठे थे वहाँ तो कोई नहीं दिखाई दे रहा था ?

तुम पहली बार पिक्चर हॉल में आई थी इसलिए तुम्हें कुछ नहीं पता है ये नाच गाना या नौटंकी पार्टी नहीं है, इसे सिनेमा कहते हैं वहाँ सामने जो सफेद बड़ा सा पर्दा देखा था उसपर किसी मशीन के माध्यम से फोकस करके दिखाया जाता है यह सब पहले से रिकार्डेड होता है। वहाँ न तो राजकुमार आये थे नहीं कोई गाजा बाजा वाले थे। यह सब पहले से ही बनाकर रील मे भर लिया जाता है और वही रील एक शहर से दुसरे शहर में जाता है।

अच्छा ! ऐसा होता है क्या ?

अनुनय ने कहा कि यही सब याद करके मै घर में देहाती दुल्हन नहीं लाना चाहता और यही कारण है कि देहाती लड़की से शादी करने से डरता हूँ।

विनय ने अपने दोस्त अनुनय से कहा कि तुम्हारे सर ने यह जो बात बतायी है, वह करीब–करीब 40 से 45 साल पहले की होगी।

हाँ, यह सब बात इतनी पुरानी तो होगी ही।

विनय ने कहा कि आजकल का समय पहले जैसा नहीं है आज देहात की लड़कियां शहर वाली लड़कियों से भी आगे निकल गई हैं तबके समय और आजके समय में कोई अंतर नहीं रह गया है, आज के संचार माध्यमो का देहाती एरिया में भी खूब इस्तेमाल हो रहा है इसलिए देहाती लड़कियां भी स्मार्ट होती जा रही हैं। तुम चाहो तो शादी करने से पहले लड़की को दिखाने वाली रस्म करा सकते हो फिर देख सुनकर सबकुछ स्पष्ट हो जायेगा।

अनुनय की शादी से पहले दिखाई की रस्म अदायगी पूरी हुई जिसे देख सुनकर अनुनय दंग रह गया और दुसरे दिन अपने दोस्त

विनय से बोला – दोस्त ! बहु से तेज तर्रार स्मार्ट तो दुल्हन निकली इसलिए अब मै अपने बाबा की बात मानकर उनकी पसंद वाली ही शादी करूँगा।

विनय ने कहा कि आजकल के जमाने में शहर की बहु और देहात की दुल्हन में कोई अंतर नहीं रह गया है सबका आधुनिकरण हो गया है।

•••

दिल की आवाज

एक छोटे से शहर में अमलेन्द्र और कमलेन्द्र दो दोस्त रहते थे वे साथ साथ स्कुल कालेज जाते–आते, पढ़ते–खेलते फिर ऐसा संयोग बना कि दोनों एक ही साथ कोई परीक्षा देने गये दोनों का सेलेक्सन भी हो गया और उससे भी मजे की बात ये रही कि दोनों को एक ही जगह एक ही दिन ज्वाइन करने का लेटर भी आ गया।

इस छोटी सी घटना ने दोनों को जिगरी दोस्त बना दिया इसके बाद तो दोनों की दोस्ती दिन प्रतिदिन प्रगाढ़ होती गई। उनका कार्यस्थल भी आस–पास ही था इसलिए ड्यूटी भी साथ जाते–आते, उनकी दोस्ती लोगो के लिए मिसाल बन गई दोनों एक ही तरह के कपड़े पहनते। यह सब दो तीन साल तक चलता रहा जबतक कि अमलेन्द्र की शादी नहीं हो गई। शादी के बाद अमलेन्द्र अपना मकान कहीं दूर ले लिया फिर भी वे दोनों एक दुसरे से हफ्ते में एक बार मिल ही लेते।

एक साल के बाद कमलेन्द्र की भी शादी हो गई और उसने भी कहीं दूर मकान ले लिया दोनों के मकान की दुरी बढ़ने के साथ ही साथ पारिवारिक जिम्मेदारी और व्यस्तता भी बढ़ने लगी, इसलिए

महीने में एक दो बार ही मिल पाते। यही क्रम तीन चार साल तक चलता रहा उसके बाद कमलेन्द्र का किसी दुसरी जगह तबादला हो गया तब अमलेन्द्र ने कमलेन्द्र को परिवार सहित खाने पर बुलाया, अमलेन्द्र की पत्नी ने कमलेन्द्र की पत्नी से कहा– बहन ! तुम्हारे यहाँ से दुसरी जगह जाने के बाद पता नहीं हम कब मिलेंगे ?

अरे बहन ! तुम चिंता मत करो यदि इन लोगों की दोस्ती पक्की होगी तो भगवान हमलोगों को फिर मिलायेंगे।

कमलेन्द्र परिवार सहित दूसरी तबादले वाली जगह चला गया नई जगंह नया वातावरण नए लोग इन सबके साथ एडजस्ट होने मे वह काफी व्यस्त हो गया इसलिए अमलेन्द्र से दो महीने से बात नही कर पाया। एक दिन ऑफिस से घर आकर बैठा ही था कि कमलेन्द्र का मोबाइल बजा। उसने लपक कर मोबाईल उठाया–

हेल्लो ! कमलेन्द्र कैसे हो दोस्त ? तुम चाचा बन गये हो, मैं उसी में व्यस्त हो गया था इसलिए तुम्हे फोन नहीं कर सका।

बधाई हो, दोस्त ! बच्चा और उसकी माँ कैसे हैं क्या नार्मल डिलीवरी हुई है किस हॉस्पिटल में हुआ है ? चलो बहुत अच्छा समाचार है, एक साँस में कमलेन्द्र ने सारे प्रश्न पूछ लिए।

हाँ दोस्त ! सब ठीक रहा। अमलेन्द्र ने कहा।

चलो दोस्त अच्छा है ! लेकिन मै सोचता हूँ कि तुम्हारी पोस्टिंग भी यहीं आ जाती तो कितना बढ़िया होता। कमलेन्द्र ने कहा।

हाँ ! लेकिन वह अपने हाथ में नहीं है, जहाँ होगा देखा जायेगा।

अच्छा दोस्त ! अभी मुझे बाजार जाकर सब्जी लानी है अब पहले वाली बात नहीं है, शादी के बाद हमलोगों की जिम्मेदारी बढ़ गई है पहले हम घंटो बात करते रहते थे लेकिन अब तो हम घर गृहस्थी

में व्यस्त हो गये है।

ठीक है !

दोनों दोस्त अपने नौकरी और घर गृहस्थी में व्यस्त रहने के बावजूद महीने में एक दो बार बात कर ही लेते, इसी तरह दोनों की दिनचर्या का चक्र चलता रहा तभी एक दिन अमलेन्द्र का फोन आया और बोला–

कमलेन्द्र एक खुशखबरी सुनो! मेरा भी ट्रान्सफर तुम्हारे पास में ही हो गया है तुम्हारे वहाँ से केवल आधे घंटे का रास्ता है, अब हम फिर से महीने दो महीने में कम से कम दो तीन बार मिल सकते हैं।

यह तो बहुत खुशी की बात है। अब दोनों दोस्त दोस्त ही नहीं रहे बल्कि दोनो मे छोटे भाई और बड़े भाई जैसा प्यार बढ़ने लगा जो एक दुसरे के दुःख सुख में सहारा बनते उनकी पत्नियाँ बहन की तरह एक दुसरे से प्यार करतीं और एक दुसरे के घर आती जातीं। आसपास के लोग दोनो दोस्तों को दोस्त न समझकर भाई ही समझते थे, इसप्रकार हंसी खुशी से दोनों दोस्त व उनका परिवार एक साथ करीब चार साल तक रहे इस बीच दोनों तीन–तीन बच्चो के बाप बन गये। एक बार छुट्टी के दिन दोनों दोस्त बैठकर बातें कर रहे थे कि उनके ऑफिस के एक लड़के का फोन कमलेन्द्र के पास आया कि तुम्हारी पोस्टिंग गुजरात और तुम्हारे दोस्त अमलेन्द्र की पोस्टिग पंजाब हो गई है।

अमलेन्द्र और कमलेन्द्र अपने हंसी खुशी मे यह भूल गये थे कि–

"हंसी खुशी का दिन बहुत टिकाऊ नहीं होता"

वह दिन भी जल्दी ही आ गया जब दोनों जिगरी दोस्त और उनका परिवार एक दुसरे को छोड़कर अपने अपने पोस्टिंग की जगह

चले गए। दो चार महीने तो दोनों आपस में कई बार बात कर लेते लेकिन नई जगह नये वातावरण में एडजस्ट होने में कुछ समय लगता है और इसके अलावा पारिवारिक व्यस्तता नौकरी की जिम्मेदारियों में दोनों ऐसे उलझे कि कई–कई महीनो में एक दो बार बात करे पाते।

इस प्रकार दो घनिष्ट मित्रों के बीच बातचीत का सिलसिला कम होने लगा। ऐसा नहीं कि दोनों एक दुसरे को याद नहीं करते बात नहीं करना चाहते लेकिन समय के साथ ही साथ सबकुछ बदलता चला जाता है यहाँ तक कि मनुष्य अपने परिवारिक जिम्मेदारियों में ऐसा खो जाता है कि अपने बाल बच्चों के अतिरिक्त उसे कहीं कुछ नहीं दिखाई देता और हो भी क्यों न क्योंकि कहते हैं कि जो पास होता है वही दिखता है।

चूँकि अमलेन्द्र व कमलेन्द्र एक दुसरे से दूर–दूर हो गये थे लेकिन अम्लेंद्र ने पोस्टिंग पर जाने से पहले अपने–अपने दुःख–सुख बांटे और अपने पुराने दिनों की दोस्ती को याद किया। एक बार अमरेन्द्र किसी बात पर खूब रोये। कमलेन्द्र पुछता रह गया कि क्या बात है दोस्त ! क्यों रो रहे हो ? जबाब में अमलेन्द्र ने कहा कोई बात नहीं दोस्त ! जब कभी हम मिलेंगे तो बात करेंगे।

कुछ ही दिनों बाद कमलेन्द्र भी रिटायर हो गये और वह अपने बाल बच्चो के साथ अपने गाँव आ गये फिर एक दिन अपने पत्नी से बोले कि पता नहीं क्यों मुझे अपने दोस्त अमरेन्द्र की बहुत याद आ रही है लगता है कि वह किसी कष्ट में है, बार–बार उसको फोन कर रहा हूँ फिर भी नहीं उठा रहा मेरा दिल कह रहा है कि लगता है अमलेन्द्र किसी घोर कष्ट में है।

मै सोचता हूँ कि अपने दोस्त अमलेन्द्र से मिल आऊँ। उसकी पत्नी ने कहा – आपको अपने दोस्त के पास जरुर जाना चाहिए, आप बता रहे थे कि पिछली बार जब आपने उनसे बात की थी तो वे बहुत

रो रहे थे मुझे उनका रोना सुनकर अच्छा नहीं लगा। आप जाइये उनसे मिलिये और उनका हालचाल पता कीजिये।

कमलेन्द्र अपने पुराने परम प्रिय मित्र से मिलने को उतावला हो उठा और दुसरे ही दिन उसके घर पहुँच गया और घर की बेल बजायी तो घर के अंदर से एक लगभग 15 साल का एक लड़का निकला।

बेटा ! अमरेन्द्र जी कहाँ हैं ?

वे यहाँ नहीं रहते !

लेकिन जहाँ तक मुझे याद है, यही उनका घर था जब मै कुछ साल पहले आया था तो इसी कमरे में हम दोनों ने चाय पी थी और यह नीम का पेड़ भी यही था। हाँ, अभी कुछ बड़ा हो गया है।

अंकल ! मुझे नहीं मालूम आप उस झोपडी में जाकर पूछ लीजिये !

ठीक है बेटा !

कमलेन्द्र उस झोपड़ी में गये और आवाज लगाई–

अमरेन्द्र भाई !

हाँ कमलेन्द्र आया !

कमलेन्द्र अमरेन्द्र को देखकर जोर से पकड़कर रोने लगा मेरे दोस्त ! यह क्या देख रहा हूँ ? इतने मे अमरेंद्र की पत्नी आई और बोली–

कमलेन्द्र बाबु ! आप अंदर आइये बैठिये।

ये क्या है भाभी ये क्या हो गया ?

कुछ नहीं कमलेन्द्र बाबु ! जैसी प्रभु की इच्छा, आप बैठिये मैं

चाय बनाकर लाती हूँ।

कमलेन्द्र बेचैन हो गया अपने दोस्त को इस हालत में देखकर उसने अमरेन्द्र से कहा कि मेरे दिल से बार–बार आवाज निकल रही थी कि तुम्हारा दोस्त कष्ट में है। इसीलिए मैं बेचैन होकर आपसे मिलने आ गया। अब आप यह बताओ कि आपने अपना मकान क्यों छोड़ दिया ? जब मैं आपके मकान में गया तो एक लड़का आया मैने उससे पुछा कि अमरेन्द्र जी कहाँ है तो वह कहने लगा कि मुझे नहीं मालूम ! आप उस झोपड़ी में जाकर पूछ लीजिये !

दोस्त ! वह मेरा पोता है। मेरी बहु ने लड़के को तो मुझसे छीन ही लिया, साथ ही पोते को भी मुझसे छीन लिया, उन्हें मेरे पास नहीं आने देती जब कभी उनसे बात करने की कोशिश करता हूँ तो उन्हें इशारे से मुझसे दूर कर देती है। अब तो हाल ये हो गया है कि महीनों बीत जाते हैं लड़के और पोते को देखे हुये, मुझसे अपना सारा कुछ छीन गया लेकिन फिर भी मोह माया नहीं गयी। मैं प्रतिदिन भगवान से उनके लिए प्रार्थना करता हूँ।

ठीक है दोस्त ! हमलोग पुराने विचारों वाले है तो हम ऐसा ही सोचेगें। लेकिन तुम्हे अपना मकान नहीं छोड़ना चाहिए था !

अरे कमलेन्द्र ! वह मेरा मकान थोड़े ही था मैने तो उसे केवल बनवाया था और सोचा कि उसमे आराम से रहेगे, मकान बनवाना शुरू किया तबसे हमारे बेटे बहु को परेशानी होने लगी और कहने लगे कि सारा पैसा फालतू कामों में खर्च कर दे रहे हैं और बुढ़ापे में हमारे सर का बोझ बनकर यहाँ रहेंगे और खांस–खांसकर हमारा जीना दूभर कर देगें।

ओहो ! यह तो बहुत कष्टप्रद बात है जब बेटा बहु ऐसा सोचने लगें तब तो जीवन कष्टमय हो जाता है, लेकिन मेरे दोस्त मेरे भाई !

आप अपना घर छोड़कर अपने मर्जी से यहाँ आये कि.... ?

छोड़ो कमलेन्द्र इन बातों को बताओ कि जब तुम अहमदाबाद में ही बस गये तो तुम्हारे दोनों बच्चे कहाँ हैं और क्या कर रहे हैं क्या तुमने अहमदाबाद में अपना मकान बनवाया या बना बनाया लिया ?

मैने रिटायर होने से पहले ही अहमदाबाद के एक पॉस इलाके में बना हुआ फ्लैट खरीद लिया था और रिटायर होने के बाद वहीं आकर रहने लगा, बड़ा वाला तो डॉक्टर बनकर यहीं सरकारी हॉस्पिटल में नौकरी कर रहा है, और छोटा वाला बंगलौर में सॉफ्ट इंजिनियर है।

चलो, ठीक है दोनों बेटे सेट हो गये यह अच्छी बात है। अमरेन्द्र ने कहा।

लेकिन आपका लड़का भी तो इंजीनियरिंग की पढाई कर रहा था ?

हाँ, कर रहा था लेकिन तीसरे साल में ही पढाई छोड़कर घर आ गया और कहने लगा कि मै किसी की नौकरी चाकरी नहीं करूंगा।

आजकल के लड़के अपने मर्जी के मालिक हैं जो चाहें करे लेकिन भाई ! आपने यह नहीं बताया कि आप अपना घर छोड़कर यहाँ इस झोपडी में क्यों आ गये ? कमलेन्द्र ने पूछा।

क्या बताऊँ, कमलेन्द्र ! एक दिन बहु ने लड़के से कहा कि तुम अपने बाप से कह दो कि अपने खाने व रहने का कहीं और इंतजाम कर ले यहाँ उनका खाना मैं नहीं बनाऊंगी और न उनको इस घर में रहने दुंगी, घर में बैठे–बैठे हुक्म चलाने के अलावा इन दोनों बुढा–बूढी के पास और कोई काम तो है नहीं, बस इनका सब काम एक इशारे पर हो जाना चाहिए। तो लड़के ने कहा लो मै सारा मसला अभी हल

कर देता हूँ और लड़का तैश में आकर कहने लगा–

आप दोनों हमलोगों के उपर बुढ़ापे का बोझ बनकर मत बैठो इस घर से अभी निकल जाओ ! निकालो–निकालो इनको घर से बाहर निकालो ! निकालो बाहर।

मैंने कहा कि बेटा ! मकान तो हमने अपने रहने के लिए बनाया है, मैंने अपना रिटायरमेंट का सारा पैसा इसमें लगा दिया अब मै कहाँ निकलूं ?

जहाँ मर्जी जाओ ! लड़का कहने लगा कि तुम्हारी कमाई में हमारा भी हक है, इसलिए मकान हमारा है जहाँ जाना हो जाओ ! जब आये दिन लड़का यही बात कहता और साथ में खाने पीने रहने सब बात की समस्या होने लगी तो मजबूर होकर मुझे अपने इस जमीन में झोपड़ी डालनी पड़ी। जो कार मैंने अपने लिए खरीदी थी उसकी चावी भी बहु ने कहीं छुपा दिया जब कई बार लड़के से पुछा तो वह कहने लगा कि यह कार हमारी है अपने लिए दूसरी खरीद लो।

अमरेन्द्र की ये बातें सुनकर कमलेन्द्र सिसकने लगा और बोला– मेरे दोस्त, मेरे भाई ! तुम्हारे दिल की आवाज मेरे दिल को पिछले कई दिनो से झकझोर रही थी कि अपने दोस्त से जाकर शीघ्र मिलो मेरी पत्नी भी यही कह रही थी कि अपने दोस्त से जाकर मिलिए। इसीलिए कहते हैं कि सच्चे दिल से किसी को पुकारो तो दिल की आवाज पुकारने वाले के पास पहुँच ही जाती है। मेरे दोस्त तुम चिंता मत करो हम एक दोस्त ही नहीं दो भाई हैं और अब एक साथ ही रहेंगे।

•••

कर्जदार

आधुनिक स्वछन्द वातावरण में पली बढ़ी, अरसी के पिता चिंतित रहते थे कि उसकी शादी किससे और कहाँ करें, क्योंकि वह अपने माता पिता की बड़ी दुलारी और लाडली बेटी थी उसके माँ बाप उसका क्रिश्चियन डिग्री कालेज से एम.ए. कराने के बाद किसी फिल्म इंस्टिट्यूट में एडमिशन करा दिया, क्योंकि वह चाहती थी कि वह फिल्मो में काम करे।

कहते हैं कि "एक तो करेला दुसरे चढ़ा नीम चढ़ा" और यही हुआ अरसी के साथ, उसके माँ बाप ने लाड़ प्यार में उसे इतना चढ़ा दिया था कि एक समय आने के बाद वह उनकी भी नहीं सुनती थी जबकि उनका विश्वास था कि उनकी लाड़ली बेटी स्वछन्द विचारो की तो होगी लेकिन उनकी बात मानेगी लेकिन हुआ ठीक इसके उल्टा।

अरसी अब खुले स्वछंद वातावरण में रहने घुमने फिरने की आदि हो गई थी उसके पिता ने बहुत कोशिश की कि वे उसकी शादी कहीं कर दे लेकिन वह तैयार नहीं हुई वह कहती कि मैं अपने जिन्दगी का फैसला खुद कर लुंगी और मैं अपनी शादी अपने पसंद से ही करुँगी।

एक दिन वह अपने फिल्म इंस्टिट्यूट के दोस्त आर्क को लेकर घर पहुँच गई और बोली कि माँ ! यह मेरे फिल्म इंस्टिट्यूट का दोस्त आर्क है, अपने माता पिता की एकलौती संतान है और यह बहुत ही मिलनसार व अच्छा लड़का है। इसने भी उसी फिल्म इंस्टिट्यूट में एडमिशन ले लिया है, यह मेरा बहुत अच्छा दोस्त है इसीलिए इसे मैं आप लोगों से मिलवाने के लिए ले आई हूँ, मैं चाहती हूँ कि आप लोग मेरी शादी इसी से कर दें।

लड़के को देखकर माँ बाप भौच्चकें रह गये क्योंकि आर्क के बाल मजनू की तरह बिखरे, उजड़े और लम्बे थे वह बार–बार अपने हाथ की अँगुलियों को बालो में ले जाता तो कभी अपने सर को दायें तो कभी बायें झटकता, तो कभी आगे, कभी पीछे।

अरसी की माँ ने पूछा– बेटा ! तुम्हारे पिता क्या करते है ?

आंटी ! वे कबतक काम करते रहेंगे ? वे रिटायर हो गये हैं अच्छी पेंशन मिलती है मौज मस्ती से रहते हैं।

बेटा ! तुम कहाँ रहते हो ?

अंकल ! मेरा घर फिल्म इंस्टिट्यूट के पास मीना गंज की गली नम्बर दो मे है और मकान नम्बर बी 15 है, बचपन से ही मैं इस इंस्टिट्यूट को देखता आया हूँ यहीं आस पास घूमता था। बचपन से ही मेरी इच्छा थी कि मैं भी हीरो बनूँ इसलिए मैने भी इसमें एडमिशन ले लिया।

अरसी के पिता ने पूछा– कितना पढ़े हो बेटा !

अरे अंकल ! आप भी क्या बात करते हैं ? क्या पढ़ लिखकर कोई एक्टर बना है ?

फिर भी कुछ तो पढ़े होगे ?

हाँ, दसवीं फेल हूँ, उसके बाद मैंने पढ़ना छोड़ दिया।

तबतक अरसी की माँ चाय लेकर आ गई थी उसने भी आर्क की सब बातो को सुन लिया था और अंदर ही अंदर अरसी की पसंद पर गुस्से से भर गई फिर भी अपने आपको कण्ट्रोल करते हुए बोली–

लो बेटा ! चाय पीओ !

हाँ, हाँ आंटी ! आपके हाथ की चाय पीने ही तो आया था ऐसा कहकर वह चाय पीने लगा।

अरसी के माँ बाप अंदर ही अंदर जलभुन रहे थे, चाय पीने के बाद जब आर्क जाने लगा तो अरसी उसे छोड़ने दरवाजे तक गई और हाथ हिलाते हुए आर्क को बोली– हाय आर्क ! कल हम वहीं मिलते हैं।

अरसी की माँ लाल–पीली होती हुई पूछने लगी, कहाँ मिलने का प्रोग्राम है ?

इसपर अरसी ने कहा कि वहीं जहाँ हम रोज जाते हैं।

रोज कहाँ जाती हो ?

माँ ! फिल्म इंस्टिट्यूट के अंदर एक हाई क्लास का रेस्टोरेंट है जहाँ हम रोज बैठकर बात करते और चाय पीते हैं।

अरसी ! क्या यही लड़का तुम्हें शादी के लिए पसंद है ?

हाँ मम्मी ! आर्क बहुत ही मिलनसार और होनहार लड़का है।

तुम चुप रहो अरसी ! दसवीं फेल लड़का तुम्हे बहुत ही होनहार दीखता है जो आवारा लडकों जैसी हरकतें करता है ? अरसी के पिता गुस्से में बोले।

पिता जी ! आप आर्क को ठीक से नहीं समझे !

मैं बहुत ठीक से समझ गया हूँ इस लड़के से मैं तुम्हारी शादी कत्तई नहीं कर सकता।

पिता जी ! हमने तो शादी आलरेडी कोर्ट में कर ली है। मैं तो आप लोगो को बताने वाली थी लेकिन..

तो आज क्यों बताया ?

अरसी की मम्मी चिल्लाते हुए बोली ! यह तुम्हारा दोष नहीं है यह हमलोगों की कमी है इकलौती संतान होने के कारण हमलोगों ने तुम्हे इतना लाड़ प्यार से पाला पोसा और तुम्हारी खुशी के लिए वह सबकुछ किया जो एक माँ बाप अपनी दुलारी बेटी के लिए कर सकते हैं, यह सब उसीका परिणाम है अब तुम बिलकुल स्वछन्द हो हम सोचेगे कि हमारी कोई संतान ही नहीं हुई।

अरसी की माँ यह बोलकर गुस्से में अपने कमरे में चली गई, कुछ देर बाद अरसी के पिता भी कमरे में आये और अपना सर पकड़कर बैठ गये। चुप्पी तोड़ते हुए अरसी की माँ ने कहा कि अब क्या करना चाहिए ?

अब तुम चाहकर भी कुछ नहीं कर सकती पंछी पिंजड़े से उड़ चुकी है हम तुम चाहकर भी अब कुछ नहीं कर पाएंगे हम लोगों ने लाड़ प्यार में लड़की की जिन्दगी बर्बाद कर दी। इतने में अरसी आई और बोली कि मम्मी अब मैं जा रही हूँ बाय !

कहाँ जा रही हो बेटी ? अरसी की माँ ने पूछा लेकिन अरसी ने कुछ जबाब नहीं दिया।

अरसी ने अनसुना कर दिया और आर्क के साथ मोटरसाइकिल पर बैठकर चली गई।

शाम हो गई, अरसी घर नही आई तब माँ बाप चिंतित होकर

अरसी के पास फोन करने लगे लेकिन उसका फोन बंद पड़ा था जो माँ बाप के लिए चिंता का विषय बन गया, घबराकर इधर उधर फोन करने लगे। कहीं कोई सुराग नहीं मिला तो अरसी के पिता रात के 11.30 बजे आर्क के बताये हुए पते पर पहुँच कर दरवाजे पर लगी बेल को बजाया। आर्क के पिता ने दरवाजा खोला और पूछा कि क्या आप अरसी के पिता हैं ?

जी हाँ ! लेकिन आपको कैसे पता ?

आइये ! आप अंदर आइये।

आर्क कहाँ है ? अरसी के पिता ने पूछा !

आपकी अरसी कहाँ है ?

अरसी तो कल आर्क को लेकर हमारे घर आई थी और आज सवेरे आर्क के साथ मोटरसाइकिल पर बैठकर चली गई जाते समय उसने अपनी माँ को कहा कि मम्मी अब मैं जा रही हूँ बाय ! उसकी माँ ने पूछा कि कहाँ जा रही हो तो उसने कुछ जबाब नहीं दिया और अब उसका फोन भी बंद है चारो तरफ अपने जानने सुनने वालो के वहाँ फोन भी कर लिया कुछ नहीं पता चला तो आपके यहाँ आ गया यहाँ का पता कल आर्क ने बताया था जब उससे पूछा था कि बेटा कहाँ रहते हो तब।

आप आये लेकिन काफी देर करके, मैं आपसे मिलना चाहता था कि आप आयेंगे तो कुछ बात होगी परन्तु ...

मेरे लड़के का फोन भी बंद है उसका भी कहीं अता पता नहीं लग रहा है मेरे पास था एक यही आस थी कि लड़का शायद आपकी लड़की के साथ हो, लड़के ने कल अपनी मम्मी से कुछ रूपये लिए थे और आज मुझ से भी बीस हजार रूपये लिए थे कि एक पार्टी करनी है, फिल्म इंडस्ट्रीज से कुछ लोग आ रहे हैं उनसे हमारे प्रिंसिपल

साहब उनसे मेरा परिचय करायेगें।

हमारी लड़की भी यही कहकर आये दिन पैसे लेती रहती है कि आज मुझे इस फिल्म निर्माता से मिलवाएंगे तो कल उस फिल्म डायरेक्टर से मिलवायेंगे।

ओहो ! हमारा लड़का भी आये दिन यही सब कहकर पैसा लेता रहता है कि अब हमारा हीरो के लिए सेलेक्शन होने वाला है मुझे उस डायरेक्टर की नई फिल्म में हीरो का काम मिल रहा है एक बड़े फिल्म निर्माता भी मुझे काम देने वाले है यही कहकर मेरा लड़का घर से बहुत रूपये ले जाता है उसने तो मुझे कंगाल बना दिया है पेंशन आई नहीं कि उसका डिमांड तैयार रहती, मुझे जो फण्ड मिला था उसे मैंने फिक्सड डिपोजिट करा रखा था उसे भी तुड़वाकर आधे से ज्यादा पैसे खर्च करा दिए।

हमलोग भी अरसी को ज्यादा लाड़ प्यार देकर तेज तर्रार होशियार और आधुनिक लड़की बनाना चाहते थे लेकिन हमें क्या पता कि वह हमलोगों की आशाओं पर पानी फेर देगी। हमलोगों ने बहुत कोशिश की कि उसकी शादी कहीं कर दें लेकिन वह बोलती थी कि शादी मैं अपने मन से करुँगी, कल जब आर्क को लेकर आई तो उसका हम दोनों पति पत्नी से परिचय कराया कि वह आर्क से शादी करना चाहती है तब मैंने आर्क से उसके पढाई के बारे में पूछा तो जानकर मुझे आश्चर्य हुआ। अरसी की माँ ने तो कल ही कह दिया था कि ये दोनों अपने माँ बाप के कण्ट्रोल में नहीं हैं।

अरसी के पिता ने कहा –

"लोग कहते हैं कि बच्चे माँ बाप का कर्ज नहीं उतार सकते लेकिन अब तो लगता है कि हम दोनों ही अपने इन दोनों बच्चों का इतना कर्ज खाया है कि जो इस जन्म में क्या अनेकों जन्मो तक नहीं

भर पाएंगे"।

हाँ, आप सही कह रहे हैं – "हम दोनों ने पूर्व जन्म में अपने इन नालायक बच्चों का कर्ज ही खाया होगा जिससे की भरपाई इस जन्म में अब कर रहे हैं", आर्क के पिता ने कहा।

सबसे बड़ी बात तो यह है कि हमदोनो की यही एक–एक सन्तान है जिन्हें हमने बड़े लाड़ प्यार एवं दुलार से पाला यह सोचकर कि ये बड़े होकर हमारा सहारा बनेगें, लेकिन क्या पता था कि हमें ही जीते जी इनका सहारा बनना पड़ेगा, अरसी के पिता ने दुखी मन से कहा।

हमे तो ये सब्ज बाग दिखाते रहे कि ये फिल्मो में काम करना चाहते हैं तब इनकी इच्छाओं का ध्यान रखते हुए इन्हें पैसे भी दिए और खुली छूट।

यही छूट तो हमारे गले की फ़ांस बन गई, इन दोनों को पता है कि हमलोगों के आगे–पीछे कोई नहीं है जो कुछ भी है इन्हीं का है इसलिए ये गुलछर्रे उड़ा रहे हैं, अरसी के पिता ने कहा।

गलती तो हम दोनों की है जो हम आधुनिकता की चकाचौंध में आकर अपने बच्चो को इतनी खुली छुट दे दिए। हम दोनों अपने इन बच्चो का कर्ज खाए हैं इसलिए जबतक कर्जमुक्त नहीं होते तब तक इनके कर्जदार ही रहेंगे और यह सब कुछ सहना ही पड़ेगा, आर्क के पिता बोले।

•••

जिसकी बनरी वही नचावे

जैसे आजकल कुत्ता–बिल्ली रखने एवं पालने का शौक है उसी तरह आज से करीब 25 –30 साल पहले लोग गाय–बैल रखते और पालते थे। लोग बड़े शौक से सुंदर–सुंदर गायें और बढ़िया किस्म की एक ही तरह के बैलों की जोड़ी रखते थे। बैलो की अच्छी जोड़ी रखना उस समय बड़े गर्व की बात होती थी, लोग कहते थे कि फलां गाँव में उनके वहाँ बहुत सुंदर बैलों की जोड़ी है जिसे देखने के लिए बहुत से लोग लालायित रहते थे।

कहीं–कहीं तो पशुओं की प्रदर्शनी भी लगती थी जहाँ लोग अपनी–अपनी गायें और बैलो की जोड़ी ले जाते थे। सबसे अच्छे बैलो की जोड़ी और गायों को प्रथम, द्वितीय, तृतीय और सांत्वना पुरस्कार भी मिलता था।

आसन बाबा इन्हीं में से एक थे, उन्हे सुंदर और एक तरह के बैलों की जोड़ी रखने का बड़ा शौक था। उनके दोनों बैल अभी बछड़े ही थे। दोनों के सींग बहुत छोटे, छोटा माथा और एक जैसा डील डौल, रंग रूप सबकुछ एक जैसे। दोनों मे ऐसी समानता कि कोई भी उन्हें देखकर चकरा जाये। कुछ दिन पहले हुए पशु मेले में उनके बैलो

की जोड़ी को प्रथम पुरस्कार मिला था वे बहुत प्रसन्न और गद्‌गद हो गये। इसी खुशी में एक दिन वे अपनी किसी रिश्तेदार के घर गये जो उनके घर से 15 कि.मी. के करीब दूर था। वे सवेरे सात बजे अपने घर से चले और ग्यारह बजते–बजते अपनी रिश्तेदारी में पहुँच गये। उनके पहुँचते ही गाँव के तमाम लोग उनके बैलों को देखने आने लगे।

किसी ने कहा – आसन भाई ! आपके बैलो की जोड़ी तो गजब की है।

दुसरे ने कहा– तभी तो इस साल के मेले में इनके बैलों को प्रथम पुरस्कार मिला है –

बीच में ही कोई बोल पड़ा– इनके बैल भी तो इन्हीं की तरह देखने लायक हैं।

आसन बाबा डील डौल से बड़े लम्बे–चौड़े और भारी भरकम शरीर के थे, बैलो को देखने वाले उन्हें भी देखते और कहते कि जैसे मालिक वैसे इनके बैल। आसन बाबा नाश्ता पानी करके अपने रिश्तेदारों के साथ बैठे थे, तो उनके रिश्तेदार ने पूछा –

आसन बाबू ! आप घर से कब चले थे ?

मैं बैलो को खिला पिलाकर दो गायों का दूध निकालकर घर से सात बजे चला था और यहाँ ग्यारह बजते–बजते पहुँच गया।

लेकिन चार घंटे में 15 कि.मी. के करीब इतना जल्दी कैसे पहुँच गये ?

अरे भईया ! वह तो मैं बहुत धीरे–धीरे आराम से चला था, थोड़ा बैलों को हांक देता तो और जल्दी में आ जाता। हमारे इन बैलो को इस साल के मेले में प्रथम पुरस्कार मिला तो मैने सोचा कि इन्हें घर से दूर सैर करा दूँ और आप लोगो से मिले हुए भी तो बहुत दिन हो

गये थे। जब बुआ जी थी तो अक्सर हर महीने दुसरे महीने यहाँ का चक्कर लगा देता था।

अरे आसन बाबु ! आपकी बुआ अब नहीं रहीं तो हम लोग हैं न ! आप बिना हिचक बराबर आते रहिये।

ठीक है, अरे भईया ! चार पांच महीने पहले जब मैं आया था तो आपका बालू और कंक्रीट सड़क के किनारे पड़ा था और अबतक वहीं है, उसे वहाँ से हटाया क्यों नहीं ?

हाँ आसन बाबु ! सोच रहा हूँ कि बरसात होने से पहले उसे वहाँ से उठाकर उस बाड़े में रखवा दूँ।

तो इंतजार किस बात का कर रहे हैं, क्या जब बारिश शुरू हो जाएगी तब करेंगे ?

नहीं, नहीं, कल ही जाता हूँ किसी बैलगाड़ी वाले से कहता हूँ कि वह उसे उठाकर उस बाड़े में रख दे।

भईया ! आप पैसा क्यों खर्च करेंगे ? हमारे ये बैल और गाड़ी किस काम आयेंगे ? आप दो चार दिन के बाद आकर इन बैलों और गाड़ी को लेकर आइये और अपना बालू कंक्रीट बरसात से पहले सुरक्षित कर लीजिये। दो तीन दिन का खेती का कुछ काम है उसके बाद आप आकर बैल और गाड़ी ले आइये।

ठीक है आसन बाबु ! मै चार दिन के बाद आता हूँ।

चौथे दिन आसन बाबा के फुफेरे भाई भरत अपने बड़े लड़के के साथ उनके गाँव गए। आसन बाबा ने उनका खूब आवभगत किया और दुसरे दिन अच्छी तरह समझा बुझाकर बैलों को गाड़ी समेत उन्हें दे दिया तथा गाँव के बाहर तक छोड़ने आये। जबतक आसन बाबा साथ में थे, तबतक तो बैल बिना पुचकारे तेजी से चलते जा रहे थे

लेकिन ज्योंही वे पीछे मुड़े बैलो ने अपनी रफ़्तार बहुत कम कर दी।

भरत ने सोचा कि अभी आसन बाबा की इन्हें याद आ रही होगी और अपने गाँव से बाहर किसी दुसरे के साथ जा रहे हैं इसलिए ये मनगर नहीं चल रहे हैं जब गाँव से बाहर निकल जायेंगे तो अपनी चाल पकड़ लेंगे लेकिन ऐसा कुछ भी नहीं हुआ। भरत बैलो को हांकते बोलते गाँव से बाहर तीन घंटे में करीब तीन कि.मी. तक आ गये लेकिन बैलो ने अपनी चाल बिलकुल नहीं बढ़ाई। भरत बैलों को खूब डांटते बोलते उनपर चिल्लाते लेकिन वे अपनी मनमौजी चाल नहीं छोड़ते।

ऐसे करते–करते शाम होने लगी भरत जानते थे कि आगे एक नदी है, जब भी उसमे पानी कम होता है लोग अपनी बैल गाड़ियाँ उससे निकाल लेते हैं। अँधेरे ने भरत के दिल की धड़कन बढ़ा दी वे अँधेरा होने से पहले नदी पार कर लेना चाहते थे, लेकिन बैलो ने भी अपनी मस्ती वाली चाल नहीं छोड़ी। आखिर नदी के पास पहुँचते पहुँचते अँधेरा हो ही गया। भरत ने बैलो को गाड़ी समेत नदी में घुसा दिया और जोर–जोर से चिल्ला चिल्लाकर बैलो को हांकने लगे उनकी इस आवाज को सुनकर दूसरी तरफ बैठा नाव खेने वाला नाविक जोर से चिल्लाया–

अरे भाई ! उधर कहाँ जा रहे हो ? उधर भंवर है उसमें फंस जाओगे, बैलो को दाहिनी तरफ मोड़ो ! भरत ने बैलो की लगाम खींची और भंवर की तरफ जाने से रोकना चाहा लेकिन बैल कहाँ मानने वाले थे, वे भंवर की तरफ मुंह करके अड़ गये लेकिन भरत ने बैलो की लगाम जोर से अपनी तरफ खींचे रखी, जिससे वे आगे नहीं बढ़ पा रहे थे।

"कहते हैं न कि होनी हो के रहेगी"

बैल आगे नहीं बढ़ पा रहे थे वहीं रुक गये थे लेकिन इसी बीच पानी का एक तेज झोंका आया और बैल गाड़ी सहित पानी में अपने आप बहने लगे। भरत का 15 साल का लड़का चिल्लाया–

"बाबूजी ! बैलो की रस्सी मत छोड़ियेगा"

और यही कहते हुए वह गाड़ी को जोर से पकड़कर जय हनुमान, जय हनुमान कहने लगा। शुक्ल पक्ष की रात के करीब 8 बज गये थे। रात में उस पार केवल नाविक दिखाई दे रहा था कहीं कोई मदद करने वाला नहीं था केवल भगवान के सहारे दोनों बाप बेटा उस भंवर से निकलने की कोशिश कर रहे थे। कहते है कि डूबते को तिनके का सहारा।

भरत जी के लड़के को नदी में बहता हुआ एक बांस का टुकड़ा दिखाई दिया उसने लपककर उसे उठा लिया और अपने पिता जी को दिया। उसे लेकर भरत ने गुस्से में दोनों बैलो को उससे मारा। मार खाते ही बैल उछलकर दाहिनी तरफ मुड़े और सीधे नदी पार करके रुके। दोनों बाप बेटे की जान में जान आयी इतने में नाव खेने वाला मल्लाह भी उनके पास आ गया और कहने लगा कि भगवान ने ही आज आप दोनों को बचा लिया। पिछले हफ्ते ऐसे ही एक गाड़ीवान इसी भंवर में फंस गया और अपने बैलो सहित कहीं दूर जाकर बेहोश पड़ा हुआ मिला।

भरत और उनका लड़का घबराये – सहमे व डरे हुए थे, लड़के ने कहा बाबा ! आपने हमलोगों को बचा लिया यदि आपने नहीं कहा होता, तो हम वहीं से सीधे निकलने वाले थे। पता नहीं क्या होता। मल्लाह ने कहा कि कोई किसी को नहीं मारता या बचाता है सब ऊपर वाला ही करता है।

भरत ने कहा– बाबा ! जिस प्रकार केवट ने श्रीराम को नदी

पार करायी, उसी प्रकार आपने हमें नदी पार करा दी, नहीं तो हम लोगो का आज क्या होता भगवान ही जानता है। दोनों बाप बेटे ने उस मल्लाह को बहुत धन्यवाद दिया और घर की तरफ आगे बढ़े। दिन में दस बजे के चले हुए रात के करीब दस बजे वे घर पहुंचे।

दुसरे दिन भरत के भाई और उनके लड़कों ने बालू और कंक्रीट को वहाँ से उठाकर सुरक्षित बाड़े में रख दिया। उस ज़माने में आज जैसे टेलिफोन या संचार माध्यम नहीं थे कि आसन बाबा को यह सब बताया जाये। बालू और कंक्रीट का काम हो जाने के बाद भरत के बड़े भाई ने कहा कि मैं जाकर आसन बाबु के बैल और गाड़ी को दे आता हूँ, उनके भाई भरत ने कहा– अरे भैया ! आप भी परेशान हो जायेंगे और उनके बड़े भाई ने एक बहुत पते की बात कही कि सभी जानवर अपना घर और मालिक पहचानते हैं, जब इन्हें गाड़ी में जोतेगे तो इन्हें पता चल जायेगा कि इन्हें अपने मालिक के पास उनके गाँव जाना है तो ये तेजी से चलेंगे।

सचमुच ऐसा ही हुआ ! बैल आसानी से अपने मालिक के घर पहुँच गये, भरत के बड़े भाई ने आसन बाबू से सारी घटना विस्तार से बतायी।

आसन बाबा ने कहा कि भंवर में फंसने से बच गये, यह बहुत बड़ी बात है। चार घंटे का सफर 12 घंटे में पूरा करने के बारे में और वे कहने लगे, कहा गया है न कि –

जिसकी बनरी वही नचावे,
दुसर नचावे तो काटन धावे।

आसन बाबा ने कहा– भैया ! इसीलिए कहते हैं न कि गाय भैंस हो या बैल, यहाँ तक कि साइकिल, मोटरसाइकिल या कार जिसके हाथ में सधी होती है वही उसे ठीक से संभाल सकता है।

•••